戦後短篇小説再発見1

青春の光と影

kōdansha bungeibunko

講談社文芸文庫 編

講談社 文芸文庫

序

日本の近代文学のなかで、短篇小説は特別な位置を保ってきた。それは短いだけの「小説」ということではなかった。人生を切り口鮮やかに一瞬のうちに示してみせる言葉の技術。一人の人間のその複雑な内的世界を丸ごと描いてみせる文章の技量。日本の短篇小説の作家たちは、人間や社会や歴史を、そのままの全体として描き出すのではなく、鏡に映った小さな宇宙として描き出したのである。

しかし、それは単に小さなものへの偏愛や、短いものへの愛好だけではなかった。言葉の世界が持つ可能性としてのミクロコスモス、小さな言葉の奥にある無限大の広がりへの信頼が、短歌や俳句の文学的伝統を持つ日本の文学者（小説家）たちに、強固に保持されていたからである。

「戦後」はすでに半世紀を閲《けみ》した。私たちはこの間、他国や他地域の戦争や革命や動乱や崩壊を目の当たりにし、焼け跡・闇市からの経済復興と、高度成長と、バブル景気と、その失墜とを体験した。だが、何よりも私たちが痛切に体験したのは、変化・変貌する社会のなかで、家族や友人、知人との人間関係がこれまでの堅固さ（それは幻想だったが）を失い、個人として社会に浮游するという、寄る辺なき「生」を生きることの孤独だった。

そして、この孤独感、孤立感を発条として、人とつながろうとする精神、支え合おうとする意志が、言葉によるミクロコスモス、多くの短篇小説を生み出したのである。

私たちは「戦後」という時代に書かれた厖大な数の短篇小説のなかから、一人の小説家について一作のみを収録するという原則で、さらにこれまであまり知られることのなかった「名作」を選び出すという作業を行った。長さも四百字詰原稿用紙で六十枚程度を目安とするという厳しい条件を設けた。

「青春」「恋愛」「性」「生と死」「故郷と異郷」「政治」「戦争・歴史」「家族」「都市」「表現の冒険」というテーマ別編集は、戦後短篇小説の豊饒な世界へのそれぞれの入り口にしかすぎない。どの入り口から入っても、読者は戦後短篇小説の魅惑と感動と感銘とを味わうことができるだろう。

私たちはここで百十七の「小宇宙」を提示する。これらが「戦後」が生み出したもっとも鮮烈で、もっとも崇高な魂の形であることを疑わない。

二〇〇一年四月二十日

井口時男
川村湊
清水良典
富岡幸一郎

目次

戦後短篇小説再発見 1

青春の光と影

眉山《びざん》

太宰　治

これは、れいの飲食店閉鎖の命令が、未だ発せられない前のお話である。

新宿辺も、こんどの戦火で、ずいぶん焼けたけれども、それこそ、ごたぶんにもれず最も早く復興したのは、飲み食いをする家であった。帝都座の裏の若松屋という、バラックではないが急ごしらえの二階建の家も、その一つであった。

「若松屋も、眉山がいなけりゃいいんだけど。」

「イグザクトリイ。あいつは、うるさい。フウルというものだ。」

そう言いながらも僕《ぼく》たちは、三日に一度はその若松屋に行き、そこの二階の六畳で、ぶっ倒れるまで飲み、そうして遂《つい》に雑魚寝《ざこね》という事になる。僕たちはその家では、特別にわがままが利《き》いた。何もお金を持たずに行って、後払いという自由も出来た。その理由を簡単に言えば、三鷹《みたか》の僕の家のすぐ近くに、やはり若松屋というさかなやがあって、そこのおやじが昔から僕と飲み友達でもあり、また僕の家の者たちとも親しくしていて、そいつが、「行ってごらんなさい、私の姉が新宿に新しく店を出しました。以前は築地《つきじ》でやっていたのですがね。あなたの事は、まえから姉に言っていたのです。泊って来たってかまやしません。」

僕はすぐに出かけ、酔っぱらって、そうして、泊った。姉というのはもう、初老のあっさりしたおかみさんだった。

何せ、借りが利くので重宝《ちょうほう》だった。僕は客をもてなすのに、たいていそこへ案内した。僕のところへ来る客は、自分もまあこれでも、小説家の端くれなので、小説家が多くならなければならぬ筈《はず》なのに、画家や音楽家の来訪はあっても、小説家は少かった。いや、ほとんど無いと言っても過言ではない状態であった。けれども、新宿の若松屋のおかみさんは、僕の連れて行く客は、全部みな小説家であると独り合点している様子で、殊《こと》にも、その家の女中さんのトシちゃんは、幼少の頃《ころ》より、小説というものがメシよりも好きだったのだそうで、僕がその家の二階に客を案内するともう、こちら、どなた？　と好奇の眼をかがやかして僕に尋ねる。

「林芙美子《ふみこ》さんだ。」

それは僕より五つも年上の頭の禿《は》げた洋画家であった。

「あら、だって、……」

小説というものがメシよりも好きと法螺《ほら》を吹いているトシちゃんは、ひどく狼狽《ろうばい》して、

「林先生って、男の方なの？」

「そうだ。高浜虚子《きよこ》というおじいさんもいるし、川端竜子《かわばたりゆうこ》という口髭《くちひげ》をはやした立派な紳士もいる。」

「みんな小説家？」

「まあ、そうだ。」

それ以来、その洋画家は、新宿の若松屋に於《お》いては、林先生という事になった。本当は二科の橋田新一郎氏であった。

いちど僕は、ピアニストの川上六郎氏を、若松屋のその二階に案内した事があった。僕が下の御不浄に降りて行ったら、トシちゃんが、お銚子《ちようし》を持って階段の上り口に立っていて、

「あのかた、どなた？」

「うるさいなあ。誰《だれ》だっていいじゃないか。」

僕も、さすがに閉口していた。

「ね、どなた？」

「川上っていうんだよ。」

もはや向っ腹が立って来て、いつもの冗談も言いたく無く、つい本当の事を言った。

「ああ、わかった。川上眉山。」

滑稽《こっけい》というよりは、彼女のあまりの無智《むち》にうんざりして、ぶん殴《なぐ》りたいような気にさえなり、

「馬鹿《ばか》野郎！」

と言ってやった。

それ以来、僕たちは、面と向えば彼女をトシちゃんと呼んでいたが、かげでは、眉山と呼ぶようになった。そうしてまた、若松屋の事を眉山軒などと呼ぶ人も出て来た。

眉山の年齢は、はたち前後とでもいうようなところで、その風采《ふうさい》は、背が低くて色が黒く、顔はひらべったく眼が細く、一つとしていいところが無かったけれども、眉《まゆ》だけは、ほっそりした三ケ月型で美しく、そのためにもまた、眉山という彼女のあだ名は、ぴったりしている感じであった。

けれども、その無智と図々《ずうずう》しさと騒がしさには、我慢できないものがあった。下にお客があっても、彼女は僕たちの二階のほうにばかり来ていて、そうして、何も知らんくせに自信たっぷりの顔つきで僕たちの話の中に割り込む。たとえば、こんな事もあった。

「でも、基本的人権というのは、……」

と、誰かが言いかけると、

「え？」

とすぐに出しゃばり、

「それは、どんなんです？　やはり、アメリカのものなんですか？　いつ、配給になるんです？」

人絹《じんけん》と間違っているらしいのだ。あまりひどすぎて一座みな興が覚め、誰も笑わず、しかめつらになった。

眉山ひとり、いかにも楽しげな笑顔で、

「だって、教えてくれないんですもの。」

「トシちゃん、下にお客さんが来ているらしいぜ。」

「かまいませんわ。」

「いや、君が、かまわなくたって、……」

だんだん不愉快になるばかりであった。

「白痴じゃないですか、あれは。」

僕たちは、眉山のいない時には、思い切り鬱憤《うっぷん》をはらした。

「いかに何でも、ひどすぎますよ。この家も、わるくはないが、どうもあの眉山がいるんじゃあ。」

「あれで案外、自惚《うぬぼ》れているんだぜ。僕たちにこんなに、きらわれているとは露知らず、かえって皆の人気者、……」

「わあ！　たまらねえ。」

「いや、おおきにそうかも知れん。なんでも、あれは、貴族、……」

「へえ？　それは初耳。めずらしい話だな。眉山みずからの御託宣ですか？」

「そうですとも。その貴族の一件でね、あいつ大失敗をやらかしてね、誰かが、あいつをだまして、ほんものの貴婦人は、おしっこをする時、しゃがまないものだと教えたのですね、すると、あの馬鹿が、こっそり御不浄でためしてみて、いやもう、四方八方に飛散し、御不浄は海、しかもあとは、知らん顔、御承知でしょうが、ここの御不浄は、裏の果物屋さんと共同のものなんですから、果物屋さんは怒り、下のおかみさんに抗議して、犯人はてっきり僕たち、酔っぱらいには困る、という事になり、僕たちが無実の罪を着せられたというにがにがしい経験もあるんです、しかし、いくら僕たちが酔っぱらっていたって、あんな大洪水《だいこうずい》の失礼は致しませんからね、不審に思って、いろいろせんさくの結果、眉山でした、かれは僕たちにあっさり白状したんです、御不浄の構造が悪いんだそうです。」

「どうしてまた、貴族だなんて。」

「いまの、はやり言葉じゃないんですか？　何でも、眉山の家は、静岡市の名門で、……」

「名門？　ピンからキリまであるものだな。」

「住んでいた家が、ばかに大きかったんだそうです。戦災で全焼していまは落ちぶれたんだそうですけどね、何せ帝都座と同じくらいの大きさだったというんだから、おどろきますよ。よく聞いてみると、何、小学校なんです。その小学校の小使さんの娘なんですよ、あの眉山は。」

「うん、それで一つ思い出した事がある。あいつの階段の昇り降りが、いやに乱暴でしょう。昇る時は、ドスンドスン、降りる時はころげ落ちるみたいに、ダダダダダ。いやになりますよ、ダダダダダと降りてそのまま御不浄に飛び込んで扉《とびら》をピシャリッでしょう。おかげで僕たちが、ほら、いつか、冤罪《えんざい》をこうむった事があったじゃありませんか。あの階段の下には、もう一部屋あって、おかみさんの親戚《しんせき》のひとが、歯の手術に上京して来ていてそこに寝ていたのですね。歯痛には、あのドスンドスンもダダダダも、ひびきますよ。おかみさんに言ったってね、私はあの二階のお客さんたちに殺されますって。ところが僕たちの仲間には、そんな乱暴な昇り降りするひとは無い。でも、おかみさんに僕が代表で注意をされたんです。面白《おもしろ》くないから、僕は、おかみさんに言いましたよ、あれは眉山、いや、トシちゃんにきまっていますって。すると、傍《そば》でそれを聞いていた眉山は、薄笑いして、私は小さい時から、しっかりした階段を昇り降りして育って来ましたから、とむしろ得意そうな顔で言うんですね。その時は、僕は、女って浅間しい虚栄の法螺《ほら》を吹くものだと、ただ呆《あき》れていたんですが、そうですか、学校育ちですか、それなら、法螺じゃありません、小学校のあの階段は頑丈《がんじょう》ですからねえ。」

「聞けば聞くほど、いやになる。あすからもう、河岸《かし》をかえましょうよ。いい潮時ですよ。他《ほか》にどこか、巣を捜しましょう。」

そのような決意をして、よその飲み屋をあちこち覗《のぞ》いて歩いても、結局、また若松屋という事になるのである。何せ、借りが利くので、つい若松屋のほうに、足が向く。

はじめは僕の案内でこの家へ来たれいの頭の禿げた林先生すなわち洋画家の橋田氏なども、その後は、ひとりでやって来てこの家の常連の一人になったし、その他にも、二、三そんな人物が出来た。

あたたかくなって、そろそろ桜の花がひらきはじめ、僕はその日、前進座の若手俳優の中村国男君と、眉山軒で逢《あ》って或《あ》る用談をすることになっていた。用談というのは、実は彼の縁談なのであるが、少しややこしく、僕の家では、ちょっと声をひそめて相談しなければならぬ事情もあったので、眉山軒で逢って互いに大声で論じ合うべく約束をしていたのである。中村国男君も、その頃はもう、眉山軒の半常連くらいのところになっていて、そうして眉山は、彼を中村武羅夫《むらお》氏だとばかり思い込んでいた。

行ってみると、中村武羅夫先生はまだ来ていなくて、林先生の橋田新一郎氏が土間のテーブルで、ひとりでコップ酒を飲みニヤニヤしていた。

「壮観でしたよ。眉山がミソを踏んづけちゃってね。」

「ミソ？」

僕は、カウンターに片肘《かたひじ》をのせて立っているおかみさんの顔を見た。

おかみさんは、いかにも不機嫌《ふきげん》そうに眉をひそめ、それから仕方無さそうに笑い出し、

「話にも何もなりゃしないんですよ、あの子のそそっかしさったら。外からバタバタ眼つきをかえて駈《か》け込んで来て、いきなり、ずぶりですからね。」

「踏んだのか。」

「ええ、きょう配給になったばかりのおミソをお重箱に山もりにして、私も置きどころが悪かったのでしょうけれど、わざわざそれに片足をつっ込まなくてもいいじゃありませんか。しかも、それをぐいと引き抜いて、爪先立《つまさきだ》ちになってそのまま便所ですからね。どんなに、こらえ切れなくなっていたって、何もそれほどあわて無くてもよろしいじゃございませんか。お便所にミソの足跡なんか、ついていたひには、お客さまが何と、……」

と言いかけて、さらに大声で笑った。

「お便所にミソは、まずいね。」

と僕は笑いをこらえながら、

「しかし、御不浄へ行く前でよかった。御不浄から出て来た足では、たまらない。何せ眉山の大海《たいかい》といってね、有名なものなんだからね、その足でやられたんじゃ、ミソも変じてクソになるのは確かだ。」

「何だか、知りませんがね、とにかくあのおミソは使い物になりゃしませんから、いまトシちゃんに捨てさせました。」

「全部か？　そこが大事なところだ。時々、朝ここで、おみおつけのごちそうになる事があるからな。後学のために、おたずねする。」

「全部ですよ。そんなにお疑いなら、もう、うちではお客さまに、おみおつけは、お出し致しません。」

「そう願いたいね。トシちゃんは？」

「井戸端で足を洗っています。」

と橋田氏は引き取り、

「とにかく壮烈なものでしたよ。私は見ていたんです。ミソ踏み眉山。吉右衛門《きちえもん》の当り芸になりそうです。」

「いや、芝居にはなりますまい。おミソの小道具がめんどうです。」

橋田氏は、その日、用事があるとかで、すぐに帰り、僕は二階にあがって、中村先生を待っていた。

ミソ踏み眉山は、お銚子を持ってドスンドスンとやって来た。

「君は、どこか、からだが悪いんじゃないか？　傍《そば》に寄るなよ、けがれるわい。御不浄にばかり行ってるじゃないか。」

「まさか。」

と、たのしそうに笑い、

「私ね、小さい時、トシちゃんはお便所へいちども行った事が無いような顔をしているって、言われたものだわ。」

「貴族なんだそうだからね。……しかし、僕のいつわらざる実感を言えば、君はいつでもたったいま御不浄から出て来ましたって顔をしているが、……」

「まあ、ひどい。」

でも、やはり笑っている。

「いつか、羽織の裾《すそ》を背中に背負ったままの姿で、ここへお銚子を持って来た事があったけれども、あんなのは、一目瞭然《いちもくりょうぜん》、というのだ、文学のほうではね。どだい、あんな姿で、お酌《しゃく》するなんて、失敬だよ。」

「あんな事ばかり。」

平然たるものである。

「おい、君、汚いじゃないか。客の前で、爪《つめ》の垢《あか》をほじくり出すなんて。こっちは、これでもお客だぜ。」

「あら、だって、あなたたちも、皆こうしていらっしゃるんでしょう? 皆さん、爪がきれいだわ。」

「ものが違うんだよ。いったい、君は、風呂《ふろ》へはいるのかね。正直に言ってごらん。」

「それあ、はいりますわよ。」

と、あいまいな返事をして、

「私ね、さっき本屋へ行ったのよ。そうしてこれを買って来たの。あなたのお名前も出ていてよ。」

ふところから、新刊の文芸雑誌を出して、パラパラ頁《ページ》を繰って、その、僕の名前の出ているところを捜している様子である。

「やめろ！」

こらえ切れず、僕は怒声を発した。打ち据《す》えてやりたいくらいの憎悪《ぞうお》を感じた。

「そんなものを、読むもんじゃない。わかりゃしないよ、お前には。何だってまた、そんなものを買って来るんだい。無駄《むだ》だよ。」

「あら、だって、あなたのお名前が。」

「それじゃ、お前は、僕の名前の出ている本を、全部片っ端から買い集めることが出来るかい。出来やしないだろう。」

へんな論理であったが、僕はムカついて、たまらなかった。その雑誌は、僕のところにも恵送せられて来ていたのであるが、それには僕の小説を、それこそ、クソミソに非難している論文が載っているのを僕は知っているのだ。それを、眉山がれいの、けろりとした顔をして読む。いや、そんな理由ばかりではなく、眉山ごときに、僕の名前や、作品を、少しでもいじられるのが、いやでいやで、堪え切れなかった。いや、案外、小説がメシより好き、なんて言っている連中には、こんな眉山級が多いのかも知れない。それに気附かず、作者は、汗水流し、妻子を犠牲にしてまで、そのような読者たちに奉仕しているのではあるまいか、と思えば、泣くにも泣けないほどの残念無念の情が胸にこみ上げて来るのだ。

「とにかく、その雑誌は、ひっこめてくれ。ひっこめないと、ぶん殴るぜ。」

「わるかったわね。」

と、やっぱりニヤニヤ笑いながら、

「読まなけれあいいんでしょう?」

「どだい、買うのが馬鹿の証拠だ。」

「あら、私、馬鹿じゃないわよ。子供なのよ。」

「子供? お前が? へえ?」

僕は二の句がつげず、しんから、にがり切った。

それから数日後、僕はお酒の飲みすぎで、突然、からだの調子を悪くして、十日ほど寝込み、どうやら恢復《かいふく》したので、また酒を飲みに新宿に出かけた。

黄昏《たそがれ》の頃だった。僕は新宿の駅前で、肩をたたかれ、振り向くと、れいの林先生の橋田氏が微醺《びくん》を帯びて笑って立っている。

「眉山軒ですか？」

「ええ、どうです、一緒に。」

と、僕は橋田氏を誘った。

「いや、私はもう行って来たんです。」

「いいじゃありませんか、もう一回。」

「おからだを、悪くしたとか、……」

「もう大丈夫なんです。まいりましょう。」

「ええ。」

橋田氏は、そのひとらしくも無く、なぜだか、ひどく渋々応じた。

裏通りを選んで歩きながら、僕は、ふいと思い出したみたいな口調でたずねた。

「ミソ踏み眉山は、相変らずですか？」

「いないんです。」

「え？」

「きょう行ってみたら、いないんです。あれは、死にますよ。」

ぎょっとした。

「おかみから、いま聞いて来たんですけどね、」

と橋田氏も、まじめな顔をして、

「あの子は、腎臓結核《じんぞうけっかく》だったんだそうです。もちろん、おかみにも、また、トシちゃんにも、そんな事とは気づかなかったが、妙にお小用が近いので、おかみがトシちゃんを病院に連れて行って、しらべてもらったらその始末で、しかも、もう両方の腎臓が犯されていて、手術も何もすべて手おくれで、あんまり永い事は無いらしいのですね。それで、おかみは、トシちゃんには何も知らせず、静岡の父親のもとにかえしてやったんだそうです。」

「そうですか。……いい子でしたがね。」

思わず、溜息《ためいき》と共にその言葉が出て、僕は狼狽《ろうばい》し、自分で自分の口を覆《おお》いたいような心地がした。

「いい子でした。」

と、橋田氏は、落ちついてしみじみ言い、

「いまどき、あんないい気性の子は、めったにありませんですよ。私たちのためにも、一生懸命つとめてくれましたからね。私たちが二階に泊って、午前二時でも三時でも眼がさめるとすぐ、下へ行って、トシちゃん、お酒、と言えば、その一ことで、ハイッと返事して、寒いのに、ちっともたいぎがらずにすぐ起きてお酒を持って来てくれましたね、あんな子は、めったにありません。」

涙が出そうになったので、僕は、それをごまかそうとして、

「でも、ミソ踏み眉山なんて、あれは、あなたの命名でしたよ。」

「悪かったと思っているんです。腎臓結核は、おしっこが、ひどく近いものらしいですからね、ミソを踏んだり、階段をころげ落ちるようにして降りてお便所にはいるのも、無理がないんですよ。」

「眉山の大海《たいかい》も？」

「きまっていますよ、」

と橋田氏は、僕の茶化すような質問に立腹したような口調で、

「貴族の立小便なんかじゃありませんよ。少しでも、ほんのちょっとでも永く、私たちの傍にいたくて、我慢に我慢をしていたせいですよ。階段をのぼる時の、ドスンドスンも、病気でからだが大儀で、それでも、無理して、私たちにつとめてくれていたんです。私たちみんな、ずいぶん世話を焼かせましたからね。」

僕は立ちどまり、地団駄《じだんだ》踏みたい思いで、

「ほかへ行きましょう。あそこでは、飲めない。」

「同感です。」

僕たちは、その日から、ふっと河岸をかえた。


（一九四八年三月「小説新潮」）

完全な遊戯

石原慎太郎

フロントグラスがいつの間にかまた薄く曇り始めた。

「雨か、また」

「ワイパーを入れようか」

「ああ」

小さな音をたててワイパーが動き出すと、窓にとまった霧のように小さい雨の粒子の被幕が筋を引いて左右に流れ出す。

「おっ」

言って素速くハンドルを切ったが車は道に開いた穴へ大きな衝撃で落ちて過ぎた。

「やくざな道路奴！　必ずどこかに穴がありやがる」

「何もそう飛ばすことあないぜ、夜は長えや」

助手席でワイパーの速度を調節しながら武井が言った。

「今夜のお前あ確かについていなかったぜ。持ち札が二点で二度コールして、二度とも奴がゼロまで切りやがった。が、ヤケで飛ばすのあ止めてくれよ。俺あ未だお前の道連れにゃなりたくねえからな。まああきらめろ、勝負のつきにあ波があるってことよ」

「馬鹿言え、あんなブリッジなんぞ気にもしてねえよ。俺あ早く帰って寝たいんだ」

夜の街道にはもう他に車の影がなかった。

道路工事を示す赤いランプがせまって来る。

「ちえっ、またかい」

言いながら礼次は速度を落し車を逆の側に寄せて行った。

雨足が強くなったか、減速した車の外で辺りに降る雨の音が聞こえている。

道は工事のために五十米近く掘り起され、起された土やセメントの破片で車は幾度も激しく揺れた。

工事場を過ぎるとカーヴした道の両側に松並木が続き出す。僅かの間に雨はますます激しくなった。

人気のない道のかたわらに、笹を一杯積んだリヤカーが置きっ放しにされている。

「盗まれやしねえのか」

「ここらでそんな酔狂もいまい」

松林を過ぎ、橋を渡ったたもとのバスストップの小さな待合所の前に、女が一人立っていた。

正面からライトに照らされながら、車をバスでないと認めると女はさしていた黄色い雨傘を光をさえぎるように前へかざした。

車は減速して女の前を過ぎた。水色レインコートに白いハンドバッグと小さな風呂敷包みを下げている。顔は良く見えない。

「今時もうバスはありゃしないぜ」

振り返りながら武井が礼次に言う。

「時間表が出てねえ訳あないんだがなあ。いつまでああやって立ってやがるつもりなんだろう」

「拾ってってやるか」

「止せ止せ、方角が違ったら面倒だぜ。お前、自分で睡たいって言ってたじゃないか」

が前を過ぎながら減速したままの車を急に礼次は止めると、バックギアへ入れ直した。

戻って来た車を女は傘を上げて怪訝そうに見守っている。

車を前へつけると、窓からのり出し、

「バスあもうとっくにないぜ」

礼次は言った。

ゆっくり頷き返すと、

「こまったわ」

何だか、唄うような言い方で女は言った。

耳元で真珠のイヤリングがゆっくり揺れる。身につけているものは悪くなかった。一寸まくれた唇を薄く開いたまま、女は待っているバスの来る方をぼんやりいつまでも眺めている。目の切れ長な色白の女だった。二人は同じように、開いたままのレインコートの間の女の胸元を眺めている。

一体こんな時間、近くに人家もないこの辺で、女が今まで何をしていたのか見当がつかない。

「こまったわ」

女はもう一度、唄うような口調で言った。

「バスはもう朝まで来ないぜ」

言った礼次を、女は黙って無表情に見返すと、突然にっと笑ってこっくりする。

「何処まで行くの」

訊いた武井へ、

「横浜」鈍く、投げ出すように女は言う。

「何処？」

「藤沢の駅までいって、汽車で――」

「汽車だって、まだあるかな。危いもんだ」

と礼次がドアを開けて言った。

「お乗んなさい、駅まで送って上げる」

女はおびえたように長いこと彼の唇を見つめていたが、急にまた笑うとゆっくり頷いた。

「一寸待った、武井、お前、後に乗れよ」

「何故だ？」

「何故でもよ。わからねえ奴だ。いただきだよ、これあ」

うながすように低い声で言った。

「おっ」

指をはじいて、

「了解、了解」

素速く身をずらし外へ出ると、ドアのノブに手をかけ身をかがめ、からかうように丁寧に、

「どうぞ、お送りしますよ」

ゆっくり傘をたたむ女を二人は挟むようにして見つめている。

ギアを入れる礼次へ武井が軽く、

「何処で？」

「え」

訊き返す女へ、

「いや、一寸。貴女じゃないの。え、おい？」

「まかしとけよ」

言って、ふと女を横から見やったが、彼女は何故か放心したような表情で前を向いた切りだった。ライトの反射を受けて白く浮んだ横顔を見ながら、礼次は首を振り短く口笛を鳴らした。

「横浜には、家があるの」

「え」

「家がさ」

「ええ、横浜に行こうとしてたのよ」

答えにならぬ曖昧な女の言い方だった。

それ切り暫く三人が黙った。

肘で器用にハンドルを支えながら両掌で煙草をつけてくわえると、女にも、

「吸うかい？」

　女は座席の上で体を動かし、向き直ると礼次を横からおずおず、がじいっと眺めている。

「え？　煙草だよ」

「いらないわ」ゆっくり首を振って女は言う。

「どうかしたのかい君、変じゃないか。そんな固くならなくて良いぜ、どうせ道順なんだ」

　が、女はまた向き直り、同じように首を振ると言った。

「私、変じゃないわ、もう」

「もう？」

　が女は黙った切りだった。

　また松林が続き、それを過ぎると右手は背の低い松の繁みに遮られた向うに海岸の荒い草地が続いている。

「来た見てえだな、武井」

　一人でつぶやくように礼次が言った。

「そうかね――。らしいや」

　新しい同乗者にかまわぬように、武井が答える。

「え」

女が言った瞬間、礼次は右へ一杯にハンドルを切ったのだ。車は濡れたタイヤをきしませ右手の低い繁みの間を縫って草地の中へ入り込んだ。

低い叫び声を上げながら、はずみで女の体が投げ出されたように右へ崩れた。立ち直る暇を与えず礼次がその上からのしかかり、後のシートから武井が動かすまいとその両掌を捕えた。

瞬間、ひっと言うような低い悲鳴で女は体中であがいた。女と思えぬ猛々しい程の勢だった。握った手を振りほどかれた拍子に、武井は手の甲をドアの端にいやという程叩きつけられたのだ。

「この野郎！」

言って頭を押えつけるその掌の下で、女は何か訳のわからぬことを叫んだ。

「叫べよ！　が誰も来やしないぜ」

着たものをたくし上げながら礼次が言い返した。

女は尚叫んで身をよじった。

「黙らねえか、良い加減に！」

シートの背から殆ど全身を逆さにのり出した武井が、叫びながら女の眼の辺りを上から力一杯殴りつけた。女はそれでも叫んだ。が何故か突然、失神でもしたかのように女は温和《おとな》しくなる。

「よしよし、なまじ言うことをきかないでいるよりそうしてりゃ顔も腫《は》らさずにすむんだ」

女はそれ切り動こうとはせず、なすがままだった。

同じ姿勢のままで礼次が言った。

「おい、ヘッドライトを消しといてくれ。バッテリーが上っちまうからな」

武井が後から手を延ばしてスウィッチを切り、それ切り辺りは真暗だった。近くで渚に打つ波の音が聞こえて来る。雨の音は先刻より軽くなったようだった。

「変るぜ」礼次が言った。

「よしおさえててくれろ」

「大丈夫、動きやしねえよ」

先刻から女は低い声で何か聞きとれぬことを言いながらじっとしたきりだった。

暗闇の中で、二人が前と後のシートへ入れ替った。

煙草をつけると途中で礼次は武井に渡した。

「吸うか？」武井が女に言った。

仰向けに倒れたまま、女が首を振るのが気配でわかった。

また雨が降り出し、強く車の屋根を叩いている。その中の暗闇で礼次がつけた二本目の煙草の小さな火が、濃く薄く同じ間隔で点滅した。

「へっ、おい」武井が呼んだ。

「大した女だぜこいつあ、腰を使い出しやがった」

女が低く、うめくように何か言った。


また入れ替ると、礼次はハンドルをとって坐り直した。

女は起き上り、はだけたまま、じっと動こうとしない。

「おい、この恰好なんとかしろよ」

礼次が横から手を延ばして直したが、女はまだ動こうとしなかった。

車は砂をはじいて街道に出た。雨は未だひどく降っている。

車を動かしかかり、二人は息を殺して女の気配をうかがった。あえぐようなゆっくりした女の呼吸が伝わって来る。

「泣いてるのか、そんな訳あねえだろう」

武井が言ってルームライトをつけた。

女はゆっくり顔をもたげ礼次を見つめた。

「大丈夫かい」

言いながら、〝何てことを訊くんだ〟と彼は思って、思わず一人でにやっと笑う。その彼へ、

「え」おそろしく物憂い表情で女が言った。

武井の殴りつけた左眼の上が青くあざになっている。

「腫れたな——」

言って手を延ばしかかる武井から、おびえたように身を退くと、

「貴方、嫌い、嫌い！」子供のような口調で女は言った。

「へっ、嫌いですまなかった。じゃ同じこ奴にあ惚れたとでも言うのか」

が女はただぼんやり横から礼次を見つめている。最初の出逢いに窓から覗いた彼を見返したと同じような眼つきだった。ことの後だけに礼次は何故かその眼差しにいらいらしたものを感じてならない。

「出すぜ」

車はノックして乱暴にスタートした。

駅はとうに閉って人影がなかった。

「駅だぜ、降りろよ」

言われるまま女は黙って出ると、駅の看板を見上げその場に立ったきりでいる。

「出せよ早く」武井が言って礼次は車を廻した。

振り返ると、女は傘もささず同じところに突ったったっ切りこっちを見つめている。その

前を犬が一匹よぎって過ぎた。

「死にゃしねえだろうな。大分ぼうとしてやがったが」

と、礼次が思い直したようにハンドルを切って、女の方へまた車を廻しかかった。

「何だおい、とんだ人情は止しにしてくれよ」

「そうじゃねえ、夜あまだ長いってことよ」

「今から宿を探すなあ骨だぜ」

「まかしとけ」

車を止めると先刻と同じように窓から覗いたまま礼次は、

「もう汽車が無いんだぜ。明日まで待つ気なのかい」

「――帰れない」

とだけ、いやいやするように首を振ると女は言った。

「乗れよ、ものはついでだ、助けてやるよ」

女はじっと立った切りだった。

「乗れよ、もうあんなことあしやしない」

「え」かすれた声で、問うでも答えるでもない物憂い口調で女は言う。礼次が引き込むように手をのばすと、女はゆっくり自分でドアに手をかけ入って来た。そんな女の様子に、何故だか礼次は一寸の間、薄気味悪さを感じて仕方なかった。

「何処へ行くんだ。まさかお前の家じゃあるまい、宿屋ぁ――」

「宿屋ぁ駄目だ」

「じゃ、何処で――」

「東京の兄貴夫婦が、家の近くへ夏用の小さな家を建てたんだ。この雨じゃ未だ誰も来てねえだろう」

「鍵は？」

「何処かこじ開けるさ」

「へっ、加えて家宅侵入と来たぜ」


庭に面したテラスの一番端の廊下の戸が外れて礼次は二人を招き入れた。調度が未だ揃っていず、新しい家の中は明るいだけで恐ろしく殺風景だった。押入れを探したが、蒲団《ふとん》も何も揃っていない。

女は疲れたか壁に寄りかかって部屋の隅に坐りこんだまま動かなかった。燈りの下で見ると女は二十五、六に見える。中背で下ぶくれの、年に似ず顔は子供臭かった。俯《うつむ》いているかと思うと、急に顔をもたげ、女は切れの長い眼を一杯に見開いて周囲を見廻している。おびえているというよりは、唯、見知らぬところに連れ込まれた子供の表情だった。

車の中で思いがけぬ目に会い、観念しながらも今また連れて来られたこの場所に、依然不安を感じているというよりは、ふと、この女はなんだかいつもそんな様子でいるように思われた。

「おい、この女どうも気味が悪いぜ。それに結構、俺たちの方が遊ばれてるんじゃないだろうなぁ」

女を見やりながら武井が低い声で言う。

「でも何にしろ、こうやって見たところ、こいつあ頂きもんだったぜ。イヤリングの真珠は、ありゃ本物をしてるよ」

「あんな時間まであすこで何をしてたんだい？」

訊いたが女は黙ったままだった。

「本当に横浜へ帰るつもりだったのか」

「え」

急に、おびえたような表情で、が女はまた曖昧《あいまい》に言った。

女を放ったまま二人は敷居の柱にもたれて煙草を吸った。吸い終ってても武井はじっとしている。

「どうした。お前がいかねえならまた俺が先に行くぜ」

「馬鹿言え。唯、あ奴裸になるかな、また抗いやがるんなら、先に二人で——」

　二人は黙って肩をすくめて笑い合った。

　二人は同時に立った。

「おい」と声をかけて近づく武井から先刻と同じように身を退いて女は言った。

「いやよ、貴方は嫌い、非道いわ」

「何が。仕様がないじゃないか」

「仕様がなかないわ」

　延ばして差し出した武井の手を、女は後ずさりしながら押しやるように払った。

「言うことを聞けよ。じゃねえと、またやるぜ」

　女は願うような眼で後に立った礼次を見る。

「お前はどうも得してるぜ」武井が礼次に言った。

「こ奴の言うことなら聞くのか」

　女はじいっと問うような眼で礼次を見ている。

「馬鹿言え。な、おい、どうせだ、明日まで一緒に仲よくしようぜ。こ奴の言うことも聞いてやれよ。じゃねえと俺だって、奴と——」拳を握って見せて礼次は言った。

「奴と、同じことをするぜ」

「面倒臭えや」

　言うなり武井が飛びかかった。女は悲鳴を挙げて逃げた。立ち腰で逃げようとする女を、武井が前へ突き飛ばす。女は低い姿勢でよろけながら、いやという程壁にぶつかって投げ出された。手肢を縮めてこばもうとする女を、一本一本、手と足と、引き離して抱き敷きながら武井は言った。

「礼、呼ぶまで向うにいろよ。気が散るぜ」

「いやっ、いやだ！」女は叫んだ。

「いやでも駄目さ。一つぐらい殴ったからってそう邪慳《じやけん》に言うなよ」

「電気消してやろうか」

「馬鹿言え、結構だ」

礼次は部屋を出て台所へ水を飲みに歩いていった。その後で、女が何か叫んだ後、また武井が殴りつけるばしっという鈍い音が聞こえて来る。

水を飲んだ後、礼次はまた一寸部屋を覗いて見た。あきらめたか、女はもう静かにしている。

テラスの戸を開け、女の傘をさして車まで歩いて行くと、中に忘れて来た本を取り出した。スウィッチを入れるとラジオの深夜放送が珍しいトロピカルミューズィックの特集をやっている。太い強烈な見事なコンガのかけ合いが聞こえていた。思い直し新しい煙草をつけるとクッションに転がったまま礼次はそのアルバムを終りまで聞いていた。その後、読みかけていた小説をルームライトの下で一章だけ読むと、また燈りを消して車を出た。

テラスの椅子で武井は口笛を吹いている。入って来た礼次を見ると、わざと口を大きく歪めるように、にやっと笑って部屋の方を顎《あご》で指し、彼は言った。

「手強いぜ奴あ、あっちの方でもなかなか、仕舞いにあの女凄い声を挙げやがった」

女はあきらめたか、あるいはふて腐れたか、そのままの姿勢で天井を向いたまま転がっていた。

近づき、立ったまま礼次は真上から女の顔を眺めた。薄目を開いたまま女の瞳は一つところへ向ったきりで動かなかった。

「おい」彼が呼ぶと、死んだようなその眼はかすか動いたきりでそれ切りまた同じところに向けられている。

礼次がかがみこむと女は物憂く自分から体を開いて待った。その瞬間、礼次は何かわからぬ、ぞっとしたものを感じたのだ。が彼はそのまままた女に触った。

礼次が身を離しても女は動かなかった。気をつけて見ると女はそれ切り失神している。

礼次は慌てて武井を呼んだ。

「先刻もそうだったぜ、何だかこの女、普通じゃねえみてえだな」

ゆすぶって起すと、女は眼を開き、何故かゆっくり笑い返す。二人の方が思わず顔を見合わせた。

「おい、大丈夫かい？」

暫く黙った後、何とはなし訊いた礼次へ、

「え」女はまた言う。

「お前、何処か体悪かったんじゃないのか」

女は黙って頷いた。

「大丈夫だったのか、本当に。こんな日に出歩いてよ」

「もう直ったわ」

「入院でもしてたんじゃねえか」

「でも、もう直ったわ」

「何処だい？」

「え」女は言った。

「病院？」

「え？　ああ、それと悪かった所あ」

「病院？」女はまた言った。

頷き返す礼次を、女は一寸の間窺うような、まぶし気な眼差しで見つめたが、言訳するように、ゆっくり小さい声で言った。

「大船の鎌倉病院」

「え」

思わず見合わす二人へ、

「もう直ったの。私、気違いじゃないわ」

女はその時だけ懸命な眼の色を見せながら、自分へも言って聞かせるようにひとことひとことはっきり言った。

女の言った病院は辺りでは著名な精神病院だった。

「じゃあ——」

言いかけた礼次を遮るように、

「先生たちはもう、みんな直ったって言ったわ」

必死に説得しようとするような表情で女は言った。

「ちえ、矢張り一寸コレだったのか」

言う武井に、

「違うわ！　もう治ったわ！」

思わぬ激しい語調で、顕らかに憎悪の表情で女は言った。そんな時だけはまともに見えたが、言われて見れば、先刻来礼次ら二人が感じていた妙なわだかまりがそれで納得がいけるように思われた。

「色気違いじゃねえのか、あの分じゃ」

女に聞こえぬように武井が言う。

がそれ切り、家のことや他のことを聞き出そうとしても、女は頑なに口を閉じたきり何も話そうとはしない。

「本当に横浜へ帰るつもりだったのか」

言った礼次に、女は何故か泣きそうな顔でまた、

「え」と言った。

夜具が見つからぬまま、三人は未だかけずに置かれてあったカーテンを重ねて敷いて寝た。

夜明け、ふと眼ざめた礼次は、そのまま、女の体に触れて行った。女は最初拒んだが、

「俺だよ」

彼が言うと温和しくなった。

「お前、まんざらこんなことが嫌いでもなさそうだな」

言ったが、女は黙ったままだった。

翌る日、女は一番遅くまで睡っていた。

「起きろよ、顔を洗うんだ。もうじき昼だぞ」

立って見下したまま武井が爪先で女の体を後から突っついた。女は振り返り、下から彼をじっと見返している。眼の中にゆっくり、が必死に何かの表情が動きかかり、途中で消えた。

「向うへ行って。嫌いよ貴方は」

「嫌いはわかったよ。顔でも洗うんだ、ふうてん奴」

にやにや笑いながら言う武井へ、

「馬鹿」

女の顔の左側はまだ少し色が変ってはれ上っている。

洗面所から引き返した女は、黙ってまたそのまま坐り込んだ。帰るとも何とも言わぬまま女は乱れた髪をゆっくり手で掻いて上げている。唇ははげたままだった。二人は立ちふさがるように鴨居《かもい》に手をかけたまま立っている。と、女はそんな二人を振り返り、薄く笑い返しながら鈍い口調で言った。

「疲れたわ」

武井が肩をすくめ、礼次に言った。

「どうしようか——」

が黙ったまま礼次は女に近づいて言った。

「おい、もう一度仲良くしねえか、もう一度だけ言うことを聞けよ」

女は黙ったまま窺うように武井を見ている。

「おい、お前最初のうちは向うへ行ってろよ」

武井は頷いて言った。

「良し。それじゃ俺ももう一ちょう行くか」

女はあきらめたように自分で横になった。

礼次と武井の度、女は段々ゆっくり、が仕舞いには強くはっきりと彼等に応えた。ものを見るとも見ぬともわからぬ薄目の下で、女はぼんやり一点を見つめただけだ。そして時折訳のわからぬことを小さく叫びながら気を失った。


「帰るわ、帰して頂だい」女が言った。

「良いじゃねえか、もう一日二日逗留してろよ。お前にあ何だか一寸未練が出て来たぜ」

女は礼次の目を見ながら同じように言った。

「帰して頂だい」

「もう少しいるんだな」

「でもお前、今夜は堤のパーティーに行く筈じゃなかったのか。お前だって康子にそう言ってたぜ、俺は行くぜ」

「ああ俺も行くよ」

「でも――」

「こ奴あ誰かに預けて行くさ。達や高木たちが空いてるだろう。一晩つき合っていてくれと言えや御んの字だ」

「私帰るわ」

「何処へ、本当に帰るところあるのか」

「でも、私帰るわ、帰して頂だい」

女は何故かはっきりおびえた眼を礼次に向けながら言った。

「駄目だよ、言うことを聞いてここにもう少しいるんだ。今夜は違う友だちを見つけて来といてやるからな」

女は子供のように頑なに首を振ると、

「いや、帰るわ」また言った。

「どうする、達たちを呼んで来るまで唯とじ込めとくのか」

「いや。一寸待ってろ」

礼次は台所の方に消え、やがて細びきの束を持って出て来た。

女が何か叫んで飛びすさった。縄をおびえるというより、本能で何かを怖れる獣のような仕種だった。

「つかまえるんだ」

言わぬうち武井が女を引きずり倒した。

両掌を後にくくり上げ柱に結びつけると、女は頭を振り何やら叫ぶと、精一杯の抵抗で足をばたつかせる。

「そのカーテンを少し裂けよ」

武井が渡した布を手にしながら礼次が言った。

「静かにしてるんだぞ。なるたけ楽なようにしといてやるからな」

「帰して」

急に温和しく、女は先刻と同じような調子でまた言った。

「駄目だよ」言いながら猿ぐつわに女を縛った。

出て行く二人を女はじっとしたまま見開いた眼で見送っている。と、また頭をふってもがきながら女は足を滅茶滅茶にばたつかせた。裾がはだけ、女の奥の肌が覗けている。

「野郎、静かにするように、股ぐらにほうきでも突っ込んどいてやろうか。大方それならこ奴ぁ嬉しそうにじっとしてるぜ」武井が言った。

礼次に切り出され、達や高木はすぐ話に乗った。

「一晩つき合える代ものかどうか、とにかくそ奴を見せてもらおうじゃねえか」

達が言った。

「よし。が、一度女に触ったら退かせねえからな。約束通り一晩留守を頼むぜ」

「人が来やしねえだろうな」

「大丈夫、出掛ける前、家で着替える時に確かめとくからな。けど雨戸は開けるなよ、誰が聞いたり覗いたりするかわかりゃしねえ」

「待てよ、もう一人八代を呼んで行くよ」

「駄目だ、奴あ口が軽いぜ」

「じゃあ止すか」

「言っとくがな、その女てえな少しばかりここが変らしいんだ」

「止せやい、気違いなのか」

「この前まで病院にいたんだと自分で言ってたぜ。けどもう直ったとよ、でも一寸な」

「どんな風に変なんだ」

「見てりゃわかるさ」

「なに、常人と変りゃしねえよ、唯、何をされても馬鹿に温和しいというだけさ」

「好都合じゃねえか」

「物足りないよ」

「お前は女ってえと殴るより能がない男さ」

「違いねえ」

四人は笑った。


また雨戸を開けて四人が入ったが、薄暗がりの中からは何も聞こえて来なかった。

「いやに温和しいじゃないか、逃げたかな」武井が言った。

「そんなドジはしねえよ」

言いながら礼次がスウィッチを入れる。

急に点った燈りの下で、はっとしたのか女が動いた。先刻の通り、裾の乱れたまま女は横になっている。立ちはだかったまま自分を見下す四人を、女はぼんやりと見上げただけだった。

「非道えことするじゃねえか」

達が言いながら縄に手をかけた。

「待てよ、先に言って聞かせとかねえとな」

覗き込んで礼次は言った。

「俺たちあ一寸出かけるからな。別の友だちを紹介するぜ、温和しくつき合ってくれよな。そうと約束すりゃ解いてやるぜ、え、どうだい」

女は問い返すように礼次を見つめている。瞳の中に何かよくわからぬ表情の影が過ぎた。

「おっと、それがあっちゃ答えられない」

武井が猿ぐつわを外した。

「俺が帰って来るまでこいつらと温和しくしてるな」

「おうおう、一寸した亭主面で言うぜ。康子に聞かせてえや」武井が言う。

女は二人を見上げながら、

「帰して」とだけ言った。

「明日か明後日な。それまでここにゆっくりしてるんだ」

達を振り返り、点った裸電球を女の裾に向って照らすと礼次は言った。

「おい、見るだけ見たら引き受けるかどうか返事しろよ。俺たちは明日の昼には帰って来るぜ」

武井は爪先で女の裾を蹴上げた。

「良いよ、もうわかった。預かってやらあ。手前らは本当に悪だな」

「悪？　よせやい！　こいつあ何より楽しい遊びだぜ、女にだって、なあおい」

が女は眼を閉じたまま動かなかった。

出がけに武井が彼等に言った。

「そ奴あ、よく、最中に気が遠くなるからな。癖なんだ、心配することあねえ」

「余り手非道くやるなよ、俺たちあ明日帰って来るんだからな」

「わかったよ。早くうせろ」

女の手をほどきながら達が言った。自由になっても女は身をつくろおうともせず、じっとしたまま動かなかった。

「おい頼んだぜ」

彼等へとも女へともなしに言った礼次に、

「帰って来てね」女が言った。

「ああ、帰って来るよ」

「ちえ、とうとう見入られたぜ」そばから武井が言う。

二人を送り出してから高木が小さい声で達に言った。

「縛っといた方がやり易かったんじゃねえか」

「大丈夫さ」

仰いで肢を開いたまま動かぬ女を見て達は言った。

「俺が行って、もし暴れたら後から縛ってくれ」

「よし。消すか燈りを」

「消そう」

言った達を、女は精気を喪った鈍い眼ざしで見つめただけだった。

その夜になって、何となく手持無沙汰になった二人は、食事に帰る合い間他の仲間を三人呼んで代らせた。

礼次たちが帰って来る翌日の昼まで、夜っぴて五人の男たちが倦かずに代る代る、延べにして二十回以上も、同じことを女に向って繰り返した。

仕舞いに女は呼吸をするただの道具のように横たわっているだけだった。男が、終って仲間と代ろうとする間も、女はびくりともせず同じ恰好で倒れていた。誰かがそれを横にしたり起したりさせようとしても、女はゆるんだ何か重い荷物のように仰むけに延びたまだった。

それでも、時折、女は強く甲高く叫んだり、自分で体を動かそうとしたりして彼等を驚かせた。

「こいつあ馬鹿見てえに好きだぜ」

見ていて一人が思わず叫んだ。

後が気になってか、礼次たちはひる前に帰って来た。

「畜生、五人がかりでやりやがったな」

「見ろよ、死んだ魚みてえな顔をしてやがるぜ」

次の部屋を覗き込んだ二人を、殆ど裸で転がったまま、女はぼんやりと見つめただけだった。入り込んで見下す礼次へ、女はふと何故か薄く笑いかけた。

「よせやい。気味が悪いぜ」

青白い顔色に武井の殴った跡が尚青いあざになってまだ残っている。

「朝になったらすっかりのびちまったよ」

「でも大した女だぜ。いざとなりゃまだやるぜこ奴ぁ」

「お前ら飯はどうした」

「――？」

「何か食わせたか、女に」

「未だだ」

「気のきかねえ奴だ。それじゃ奴ぁ丸二日何も食ってない訳だ」

「飲まず食わずで丸二日、ただひたすらにいか」

節をつけて高木が言った。

「俺たちぁ帰るぜ」

後から来た三人が言って出かかった。

「ちえ、礼ぐらい言って行けよ」

「誰に？　女にか——」

「両方にさ。良いな。このことについちゃわかってるんだろうな」

「わかってるよ。俺たちの心配より、女の方のカタを旨くつけろよ」


「おい、とにかく着物を着ろよ」

隣りの部屋に向って礼次が言った。

「もう行かねえのか」

「沢山だ。お前等五人の顔を見たら女よりこっちがうんざりしたよ」

礼次が呟いたが、女はそのまま動こうとしない。

「着るんだよ着物を。そのままじゃ何処にも出れまい。横浜にも帰れねえぞ」

と、仰むけのまま肢をつぼめながら女は言った。

「もう、帰らない、帰りたくないの」

「ほら見ろ、お前に惚れたとよ」

「冗談じゃねえぜ。じゃ、何処へ行くんだ」

女は黙ったまま薄目で天井を見上げていた。

「とにかく着ろよ」

散らばった下着を武井が足で掻き集めた。

廊下で達と高木が言った。

「おい、本当にあの女どうするつもりなんだ。下手なところでばらされると唯じゃすまねえぜ」

「いかに合意とは言えな」

「言うとこ見ると留守の内にお前等余程非道えことやったな」

「横浜の家ってのぁ何処かなぁ」

「身元は皆目わからねえし、何処でも良い、横浜の何処かに放り出して来るか」

「でも、こないだから見てるとどうやら女は本気で横浜とやらへは帰る気が無いらしいぜ」

「浜ってのは、でまかせか――」

「どうする」

「どうする」

暫くして高木がいった。

「働かせるか」

「何処で」

「女の好きな商売の出来るところでよ」

「おいおい、この上女を売り飛ばそうてえのか」

「馬鹿言え、口を利いてやるだけさ。金は奪らねえよ」

「いや、奪った方が女は店から出にくくなるぜ」

「何処だ場所は、遠い方がいいな」

「熱海ならどうかな」

「お前の馴染みなのか。が逆に尻尾をつかまれるなよ」

「話あつくと思うな、奴なら結構大した売れっ子になるぜ」

「で、お前が通うか」

　四人は笑った。

「早い方が良いぞ、礼次、お前聞いて見ろ。横浜がどうしてもいやと言うならその方が親切てえもんだ」

　女は着物を身につけ壁によりかかって坐り込んでいた。

「横浜は何処なんだ、こないだ帰ると言っていた横浜てえのあ」

「え」女はまた言った。「もう帰らない、帰りたくない」

「帰れよ、お前はどうもまだ一人じゃ無理だ」

「もう帰らない」同じ調子で女は言う。

礼次は急にかっとしたものを感じて怒鳴った。

「帰るんだ、横浜へ」

「いや、貴方も嫌い——」

女は真直ぐ前を向いたままで言った。

「皆、言いつけてやる」

「な、なに！」

「よせよ礼次、怒鳴ったって仕様がねえ、それよりあの話をして見な」

仲間を振り返り、礼次は声を殺して女に言った。

女は案外簡単に頷いた。流石《さすが》に仕事の種類は言わなかった。

「そこなら君あ気楽に暮せるぜ」

女は黙って礼次を見つめている。

「本当に、横浜へ帰らなくて良いんだな、帰りたくないんだな」

女はがくりと首を縦に振った。

「そうとなっちゃ早い方が良いぜ。このまま車で行こうじゃないか」

高木が言った。

「待てよ、何か食わせなきゃ話にならねえ」

「おい、行こうぜ」

声をかけられたまま女は坐ったきり立ち上ろうとしない。

助け起して立たすと、女は病み上りのように壁に伝ってそろそろ歩いた。と、敷居でつまずき、腰が抜けたようにそのまま坐り込む。

「余程参ったな」

「ちえ、腰の抜けた猫だ」

「肩をかしてやれよ、達」礼次が言った。

達と武井が引き抜きでもするように女を抱き上げた。吊り上げられた上体の下に、虚脱して力を喪った下半身がくっついたまま、女はずるずる引きずられながら車まで歩いた。放り出されてクッションに倒れると女は長く細く息をはいてそれ切り動こうとしない。

入った町の食堂で、辺りをはばかり流石手を貸さずに見守る彼等に、女はあえぎながらテーブルと椅子に交互に掌をつき体を支えながら、今にもその場へ坐り込みそうな足取りで歩いた。唯ならぬ女の様子に、

「加減でも悪いんですか」主人が怪訝そうに聞いた。

女は出された品を、むさぼって喉へ通した。喉の奥であえぐように物苦し気な音をたてながら、与えられたものをもう二度と奪われまいとでもいうかのように、女は時折、見守る彼等に素速い視線を走らせながら夢中で食いつづけた。この時だけ、女の眼に険しい程

の表情が浮んで来る。

仰天した表情で主人が奥から見守っている。礼次に睨まれると主人は慌てて中へ引っ込んだ。

熱海の店で、高木が事情を都合良く説明し、納得した主人は高木に礼まで言って女を入れた。案内されて奥に入りしな、女は振り返り探す表情で訊いた。

「礼次さんは」

礼次は途中で店を出て車に戻っている。

武井が肩をすくめた。店のものにうながされ、女はまだよろけるような足取りで奥へ上って行った。

借金をした訳でもなし、女は歩合で働くという比較的自由な条件で店の女になった。

店が出した礼金で、彼等は街で酒を呑んで引き返した。

が五日程して高木の家へ店から電話がかかった。彼はどうしてつきとめられたか不思議がったが、馴染みの女に渡した名刺から訳はなくそれが知れたのだ。

電話ではあの女はどうにも困るということだった。病院を出て間もない体だということも、女自身が饒舌ったらしい。それでなくても、とった客をその場になってはねのけたり、代りにあの時来た誰かお連れさんの名を急に呼んだりして、どうも様子が変だとは思ったと主人は言った。この二日間、急に店からいなくなって、何処をどう歩き廻ったか非道い姿で戻って来たともいう。あれで自殺でもされたら店が大迷惑だから、他に身元も知れないので、紹介した高木に一応女を出来るだけ早く引き取って欲しいということだったが、まだ、女が他のことを饒舌った様子はなかった。

高木は礼次と武井に連絡し、三人は相談した上で翌日の夕方熱海に向った。打ち合わせた通り、彼等は先ず、小さな小川を距てた対岸からそれとなく女のいる店を見張った。女は未だ表に出て来ない。

暫くして女が表へ立った。あの夜、バスストップで礼次と武井が見たと同じような何を待つでもない、ただひとところを向いた姿勢とあの表情で女は立っている。誰かが何か言って過ぎても、女はゆっくり顔を動かすだけだった。朋輩たちは事情を知ってか気味悪がって近くに寄りつかないでいる。

見定めた上で、礼次はレインコートの襟を立て橋を渡って店に近づいた。顔を近づけ女の前を通り抜けてそのまま店の横の路地に消えながら、おい、とだけ低く礼次は言った。女は彼を認めてゆっくり言った。

「礼次さん！」

路地の奥から礼次が唇に指を当てながら女を招いた。女は近づいて来る。

「迎えに来たぜ」

他の誰も気づいた様子はなかった。礼次はそのまま女の手を引いて路地を抜けた。

盛り場を外れた裏通りに車がつけてある。女を乗せると彼等は車を出した。

そのまま海岸通りを突っ走り、伊東へ向う崖添いの道を走った。天気の所為か行きあう車はもう殆どなかった。

「俺あお前に逢いたかったぜ」

笑いを含んだ声で礼次が言った。

「え」女は言った。

「本当?」

「本当だよ、だから俺の言うことは聞くな」

「でも、私、横浜には帰らない」

「良いんだ、もう何処へも帰らなくて良いさ」

「本当?」

「ああ」

女は幾度も頭を振って頷いた。

岩に開けられたトンネルを過ぎた辺りで車をとめた。

「おい、お前等下りて散歩でもしろよ。俺たち二人にしといてくれ。いろいろ話があるんだ」

「ああ」

二人は素直に車を離れそれぞれ前と後に歩いて行った。

礼次は黙って女を引き寄せた。

「俺に逢いたかったか、え、おい」

「え」

「俺に逢いたかったかってんだよ、俺はお前に逢いたかったぜ」

女が鼻声で何か言った。

「二人だけで仲良くしような」

女は黙ってこっくりする。

礼次は今までになく、丹念に女の体をさぐって行った。女は馴れてでもいるように、自分から体をずらしシートの上へ倒れて姿勢をつくり、仕舞に子供のような泣き声を上げてうめいた。


「奴ら何処へ行ったかな」

「あの人は嫌い」女は唄うようにまた言った。

「汗をかいちまったな、俺たちも一寸歩いて見ようぜ」

ドアを開けて出ると外から言った。

が女は何故か真剣な顔でじっと彼を見返している。

「どうしたい。暗いのが怖いのか。そうしてるとまたあ奴が戻って来てこの前みたいなことをするぜ」

彼を見つめながら女はそろそろ体を動かし外へ出て来る。女の手を取り引きよせて歩きかかり、礼次は煙草を抜いてくわえた。一度つけたライターをまた消して、つけ直すと、一寸の間、じっと火を見つめている。

礼次は女の手を固く握ったまま歩き出した。晴れ間が出たか、星が出てようやく、なんとか辺りが見え出した。

十米程行くと右手の海を距てていた茂みが切れ、断崖の上の道はいきなり四、五十米下の海に臨んで続いている。遠く下の岩に波の砕ける音が伝わって来る。

「聞こえるだろ。海の音が、ずうっと下だ」

スリップよけの低い手摺りに片足かけながら礼次は下を覗いた。途中がえぐれてせり出した崖の真下で騒ぐ水が夜目にもほの白く見えて来る。真横に自殺止めの立札がぼんやり立って見えた。

「危いわ」

女が言った。

「大丈夫さ。波が白く見えて綺麗だぜ。見て見ろよ」

礼次は手を引いて自らのり出しながら言った。

「危いわ」

引き戻すように女は言った。

「危かねえさ、君がつかんでるからな」

礼次は笑って言った。

吸ってた煙草を思いきり指で弾いた。小さな火は闇をきりながら一瞬尚赤くともると吸い込まれるように足元の闇へ消えて見えなくなる。

「ほら一寸見てごらんよ。何かがきらきら光ってるぜ」

女を振り返って尚笑いながら彼は言った。

「そう、見えて？　綺麗？」

女は礼次の手を握りながら同じように身をのり出した。

「大丈夫だよ、後から肩を抑えててやるから。ほら、見えるだろ白い中にきらきらとさ」

肩を一寸押すようにして彼は言った。

「え」

小さくあがいて押し戻すようにしながら、女は言った。その瞬間、礼次は一度引いたその腕で力一杯女を前方へ突き飛ばしたのだ。意外に軽く、声もたてずに女は暗い視界から消えて行った。身をのり出し、息をのんだままじいっと耳を澄ます彼の耳へ、重く鈍くものを叩きつける音が聞こえた、と思った。

そのまま、ゆっくり車に戻り、別の煙草をつけた後で彼はクラクションを鳴らした。暫くして二人が戻って来た。

「見えたろう、火が」

「ああ見えた」

「で？」

「で結局、誰も通りゃしなかったよ」

崖の上の狭い道で車を廻して戻りながら礼次が言った。

「これでやっと終らせやがった」

「いや、まだあるぜ。明日もう一度、ひと足違いで俺たちがあの店へ女を迎えに行って、それで何もかも完全に終りという訳さ」

「その割にこの遊びは安く上ったな」

横の灰皿で煙草をひねりながら武井が言った。

（一九五七年一〇月「新潮」）

後退青年研究所

大江健三郎

暗黒の深淵がこの現実世界のそこかしこにひらいて沈黙をたたえており、現実世界は、そのところどころの深淵にむかって漏斗《ろうと》状に傾斜しているので、この傾斜に敏感なものたちは、知らず知らずのうちにか、あるいは意識してこの傾斜をすべりおち、深淵の暗黒の沈黙のなかへ入りこんでゆく、そして現実世界における地獄を体験するわけである。

　ぼくはこの暗黒の深淵のひとつのそばに、いわば地獄の関守のような形で立ちあっていたことがある。そして、ぼくがそれに関わっていた深淵への漏斗状の傾斜に敏感なものとは、政治的に、あるいは思想的に挫折を体験した青年たち、精神に傷をおっている青年たちであった。もっとも、かれらの多くは、肉体的にも傷痕をもっている者たちであったけれど。

　そこを暗黒の深淵とよぶにしても、その現実世界の一つの地獄は、大学のそばの不動産会社のビルの三階にあって、つねに明るく、(ああ、人間はなぜこうも熱心に自分の周りを明るく照明することに昔から努力をかたむけてきたのだろう、人間が暗闇を、他の獣たちにくらべて格段の差をつけて激しく嫌っているのはなぜだろう。ぼくは日本人の一青年であってキリスト教徒でなく、その宗旨に関心も持たないが、この人間の暗闇への恐怖に考えいたるたびに、原罪という言葉をおもいだす)リノリューム張りの床は油の艶をうかべてみがきたてられており、ステンレスの事務用家具は軽快に、またいかにも能率的に、働く人間をそれ自体まちのぞんでいるようであった。

しかしぼくは、廊下からの扉をおして入ってくる挫折した青年が、ぼくのカードに必要事項を記入しにぼくの質問、それはカードの不備な部分に関する、簡単な質疑応答にすぎないが、とにかくぼくの質問にこたえ、隣の部屋に入って行くのを見送る時、やはりその明るくビジネスライクな部屋は地獄の入口のひとつであると感じたものである。

隣の部屋には鬼がいたか? アメリカ東部の大学で極めて高度な教育をうけた新進気鋭の社会心理学者であるミスター・ゴルソンと通訳担当の東京女子大学の学生一人が待ちうけていた。そこへ、思想的に、あるいは政治的に挫折した青年が、告白で頭をいっぱいにして憂鬱な一歩を踏みこんだわけである。その部屋をぼくの大学の仲間たちは、後退青年研究所とよんでいた。正しくは、ゴルソン・インタヴュー・オフィスという名称をもってはいたが、このGIOを誰ひとりその本来の名においてよぶものはいなかったのである。

結局ミスター・ゴルソンの質問は、なぜきみは後退したのか？　という問いにおわったし、みんな、なぜ自分が青年の身で後退をよぎなくされたか、を告白しにきたからである。

それは朝鮮動乱が終ったあとのかなり反動的な安定期であった、学生運動にとっても中だるみのエアポケットのような一時期で、学生たちはその社会的な関心をソヴィエト民謡を合唱することで代償していたし、二、三年前の激しい学生運動のさなかに傷ついた学生たちが復学して憂鬱で陰気な、年をくった学生としてその傷口をなめてみていた一時期であった。

そして、この傷ついた学生運動家を主な調査対象とする研究所が、東京大学のすぐ傍にアメリカ国籍のある若い学者によってひらかれ、それは毎日かなりの人数の、いわゆる後退学生を吸収していたのである。始めは、たんに次のような広告を大学新聞にだしただけで、多くの傷ついた学生がやってきたのだ、《学生運動を離れた旧活動家の学生をミスター・ゴルソンが待っています！》

ぼくはアルバイト学生としてそこにつとめていた。ぼくは二十歳にやっと達したばかりで、青年の憂鬱な表情や、皮膚に汚ならしくしみついてぬぐいとれない影のような陰気さにたいして、無感覚といってもいいくらいだったし同情的な気分になったりすることは、まずなかった。それでも、ＧＩＯが日本人にたいして優越者としての傲慢さを誇示する種類の研究所であったなら、そこへおずおずと自分の心の暗い襞のあいだのしこりをあらわにして見せにくる同胞をさばく仕事などはひきうけなかったろう。むしろ自分も、その沈鬱な告白者となって学生たちの行列のうしろにうなだれて帽子を胸にかかえたまま続くことをえらんだろう。

しかしゴルソン氏は標準的な明るい米人で短い油煙色の口髭こそ生やしているが、まだ三十歳に達してはいない男だったので、ぼくはあまり深刻なコムプレクスはなしに、かれのオフィスにつとめることができたわけである。日本にきている米人インテリには、奇妙に戦闘的で傍若無人な連中と、うってかわって温厚篤実な連中とがいるようだが、ぼくらがミスター・ゴルソンとよんでいたシカゴ生れの社会心理学者は、その温厚篤実ながわの代表とでもいうべき人物であった。

ぼくには、今にいたっても、あのミスター・ゴルソンがなぜ日本に来て傷ついた学生の精神傾向を調査する仕事にたずさわることになったのか、はっきりこたえることができない。また広い見地からいえば、ぼくは今もなお、あの朝鮮動乱のあとの一時期に多くのアメリカ人たちが日本の学生の屈折した心理に関心をもち始めたのか、はっきりはわかっていない。社会心理学のいかにもアメリカ的な方法によって日本の学生たちを調査し、その結果を、あのアメリカ人たちはなんのために役だてようとしていたのだろう?

極東における反共宣伝の一つの基礎固めの方向に、あのアメリカ人たちの調査がふくまれていたのだ、と一般的に解釈することは一応人を納得させる要素をはらんではいる。しかし、ぼくのつとめていたGIOにおいては、少なくとも反共宣伝につながって行きそうな印象はミスター・ゴルソンからあたえられなかった。

ゴルソン・インタヴュー・オフィスはアメリカ本国に毎月、調査データを送っていたが、それはミスター・ゴルソンが卒業したか在学中だかの、東部の大学の研究所あてにであって、アメリカ国務省とか議会とかとは直接の関係がなかったようである。もっとも、そのオフィスで働いていたあいだ、ぼくが一種の自己嫌悪からオフィスの機能や目的にたいして冷淡であり、深く知ろうとしなかったということも一方にはあるわけだ。ぼくはオフィスにいるあいだ、そこへ訪ねてくる学生たちとおなじようにきわめて鬱屈した気持であった。その反面、大学の教室に出ているあいだは、理由もなく希望にあふれているような感情、いきいきした解放感があった。

それはミスター・ゴルソンの通訳およびタイピストであった女子大生にとってもおなじ事情であったのではないかと思う。オフィスで、ぼくはこの背が高すぎる痩せっぽちの女子大生が憂鬱から解放された表情をうかべるのを一瞬たりとも見たことがないけれど、東京大学と東京女子大学が合同で開催した、歌と踊りの大集会というもよおしで、偶然出会った時のわが憂鬱な同僚は、頰をじつに胸をうつ意外な薔薇《ばら》色にそめており昂奮していてとめどなく短くかんだかい声で鳥がさえずるように笑ってばかりいた。そして翌日、ある種の期待と奇妙なはずかしさとを心にいだいてオフィスに出勤したぼくは、あいかわらず内分泌異常を思わせる憂鬱を眉根によせた深い皺にあらわした女子大生を再び見出したのであった。

GIOでの仕事は、きわめて憂鬱な性格のものであったわけである。ぼくは一度、ミスター・ゴルソンから、日本での仕事が一段落したら台湾か南朝鮮で同じ仕事をやるつもりだからそれを手伝いに一緒に日本を出ないかと熱心にすすめられたことがあるが、その時はきわめて乗り気になったものだ。そして南朝鮮で朝鮮人の挫折した青年たちをインタヴューしている夢さえ見た。夢のなかでは滑稽なことにぼくがミスター・ゴルソンの役割をはたしているばかりか、片手に鞭をもっていて告白する青年を奴隷をむちうったようにぴしり、ぴしり殴っているのだった。これは、表面非常におだやかな調査室のようにみえたGIOにも、結局は傷ついている青年の傷口に指をいれて脂肪と肉のあいだをひっかきまわすような不人情さがひそんでいたためかもしれない。それをぼくの潜在意識が感じとっていて、たまたま夢のなかであかるみに出したのだろう。

ぼくの仕事の中心は、インタヴューをうける学生の身許調べと、インタヴューが終ったあと学生に謝礼をはらうことであった。謝礼はインタヴュー一時間につき五百円で、ミスター・ゴルソンはたいてい二時間のあいだインタヴューがつづけられたように伝票を書いてよこしたし、本来は大学にかようための定期券があるため不要の交通費まで学生の現住所からわりださせたので、学生たちにとってはこれは悪いアルバイトではなかった。ただ、特別な場合をのぞいて二度このアルバイトに応募することはできない、ということと、近い過去に学生運動への積極的な接近と後退という、思想的な劇がおこなわれた人間でなければならない、というところに、それも思ったほどではないにしても、一般的なアルバイトとしては難点があったわけである。

そこで、GIOを訪れるアルバイト学生の数は、ぼくがそこにつとめ始めて数箇月たつとめだって減りはじめた。ぼくは一日中、ひとりの学生の名もカードに記入しない日があったし、ミスター・ゴルソンは退屈しきり悲しそうに眉をひそめて部屋のなかを熊のようにぐるぐるまわったりして時をすごすことがあった。そういう成績不良の日にも、決して苛だったり、不機嫌なそぶりを示したりはしないのが通訳兼タイピストの女子大生で、彼女は机にむかってきちんと腰をおろし、文庫本で《矛盾論》や《実践論》を読んでいた。それも、とくに思想的な意味あいをまわりの者に感じさせる本の選び方であったということはできない。その一時期は、女子大で毛沢東がロマン・ローランのように愛読された一時期であったからだ。

調査に応募する学生がやってこない時、ミスター・ゴルソンは通訳兼タイピストと話すかわりに、ぼくのいる受付の部屋まで雑談を交わしにきたものだった。それは、女子大生がきわめて無口で殆ど自分の意見をのべなかったのと（それは異常に感じられるほどに徹底した無口さであって、ミスター・ゴルソンに自分の意見をのべることが、あたかも自分もまた、その挫折について告白しにくる傷ついた学生たちとおなじ存在に変えてしまう、とでも思いこんでいる風なのだ）ミスター・ゴルソンの方でもこの女子大生をいくぶん煙たがっていたからだろう。ぼくとミスター・ゴルソンとはオフィスの窓から本郷の大学の高い樹立を見やりながら、できるだけビジネスに関係のある話題、やってこない後退青年をめぐる話題をさけ、自然とりとめのないことばかりを長い時間話しあうのだった。

こういう自由な会話をつうじて、ぼくはこの赤貧白人《プア・ホワイト》の息子として奨学資金をえ大学に入った男が、決してブリリアントな才能をもってはいないにしても、きわめて深く日本の挫折青年に関心をいだいていることを知ったといっていい。そしてこういう問題を研究対象にえらんで現に日本にきて調査所をひらいた二十八、九のアメリカ人青年がいかにも奇妙な、変則な精神構造をもった男のように思われ、ぼくはミスター・ゴルソンを、深淵の主として見るよりも、この現実世界の深淵に吸いよせられた最初の失墜者として感じ始めるのであった。こういう考えはむろん自分にはねかえってくるのであって、ぼくは自分を、同胞の学生たちがその心情の暗い陥没を告白しにやってくる外国人のオフィスで働いている自分を、女衒《ぜげん》か遣手婆《やりてばばあ》のような種類の、ごく卑しい人間のように感じることがあった。そして自分が少年のころ、それは戦争の時代であったが、二十歳という年齢に薔薇色の幻影をいだいていたことを思いだし、平和の時にこのようにあいまいな奇妙な役まわりをしている二十歳の自分に、いいようのない苦渋の味のする嫌悪をいだいたものだ。

この自己嫌悪についてぼくがともに語りあうべきは、おなじアルバイト学生の女子大生にたいしてであったが、憂鬱な彼女は仕事が暇だとわきめもふらずに毛沢東を読んでいて、ぼくのいる部屋へは顔を見せなかった。ぼくのほうでも、奥の部屋へ入って行くことは否応なしに整理箱のカードを見ることであり、告白にやってきた憂鬱きわまる学生たちのイメージにおしつぶされることなので、決して女子大生のいる部屋の扉をこちらからひらくつもりにはなれないのであった。そこでぼくはやはり憂鬱な顔で、これも憂鬱なミスター・ゴルソンととりとめなく話しあった。ああ、GIOはまさに憂鬱地獄であったわけだ！

ミスター・ゴルソンがぼくにかれの日本での仕事が終ったあと、台湾か朝鮮に一緒に行こうと誘ったのもこういう雑談のあいまにおいてであったし、ぼくがミスター・ゴルソンのなにげない動作のはしばしに同性愛的傾向を見たのもそういう屈託した時間においてであった。そしてぼくはミスター・ゴルソンがいかにも懐かしげに語る東部の田舎都市をはなれて東洋までやってきていることの陰にはこの同性愛的傾向に由来する原因がまつわっていて、ミスター・ゴルソンはむしろ日本に流刑になっているようなのではないかと考えたりもしたものである。それは大学のアルバイト課へ話相手とか案内人とか通訳とかいう名目でアルバイト学生をもとめにくる外国人の大半が同性愛的発展をのぞんでいる、そういう底意を心の内部にひそめている、こういうことがもはや常識であったからだ。ぼくの友人の一人はアルバイトを契機にして外国人のバイヤーと同性愛関係におちいり、その後バイヤーに棄てられると自殺した。棄てられたという言葉はこの自殺者が遺書に自分で書きこんだ言葉である。それもやはり、あの朝鮮動乱のあとの一時期だ。

ぼくとミスター・ゴルソンとは隣の部屋で文庫本のページをめくる音さえ聞えるくらいの低い声で黙りがちな話をいつも長いあいだ続けたが、おたがいの心情が緊密にふれあったりすることはなかった。ぼくは、貧しい英語力で面白くもない話し合いをアメリカ人相手にしている自分に苛だたしくなったり、なぜおれはここでこんなことをしているのだろう、という深い嘆きにとらえられたりした。そして、ぼくはたいていアメリカ人と一緒に仕事をしている日本人、それも三十前後の女たちが極度に大仰な身ぶりと表情で四六時中叫びたてていることの秘密をさぐりあてた気持だった。あの、派手な眼鏡と赤く大きい脣《くちびる》とで顔に痙攣《けいれん》的なアクセントをつけた女子大卒の女たちは、決してその心情にふれることのできないアメリカ人のまえで自分が埋没して行きそうな虚しく無味乾燥な放心から自分をひきとめようとしているのだ。彼女たちは古い女たちと同様に仕事への奴隷的な忍従を自己に課しているのだ。

ぼく自身にしてからが、現に面とむかって話しあっている相手の、ガラスほど無神経な感じに澄んでいる眼やぶよぶよしたゼリーに粉をふりかけたような顔と手の甲の皮膚、高く細い鼻、それに突然まったく予想に反した音をたてる唇などを見つめていると、その相手の人間の心情に深く入りこんでゆき、その相手の顔に人間的な統一感をとりもどさせるためになら、簡単にいえばぼくとその相手とに人間的つながりを発見するためになら、同性愛の関係に入りこんでもいいとさえ、発作的に考えることがあったものだ。

ぼくは二十歳になったばかりだったし、人間的なつながりを殆どこの現実世界のあらゆるものに求めていた。それに若い青年にとって性的関係とはそれが正常なものであれ倒錯したものであれ、奇怪な無秩序を感じさせる他存在に盲目的な没入をおこなうことで、それに意味づけをし秩序をあたえ、自分の躰の一部のように親しいものにかえる行為なのだ。もしミスター・ゴルソンとぼくとの退屈しのぎの話し合いが毎日、毎日、永いあいだ続いたなら、ぼくは発作的にミスター・ゴルソンと同性愛の交渉をむすぶか、あるいは、これも発作的にミスター・ゴルソンと争ってGIOを辞めることになったかもしれない。

ところが、ある月始めのこと、その前の月にアメリカ本国へ送った調査データがあまりにも貧弱だったために、おりかえしミスター・ゴルソンあてにその怠慢ぶりを非難する手紙が届いた。それはかなり手きびしい内容をはらんだ手紙であったらしい。かれは朝、オフィスに出てきてそれを読むと昼まで部屋を苛だたしそうな早い足どりで歩きまわって考えこんでいた。かれは歩きまわるあいだも煙草をのんでいるので、灰がかれの通路に点々とおちて淡くあいまいな灰色の輪をつくった。ミスター・ゴルソンは午後になってやっと決心して、かれのオフィスの従業員みんなに、といっても掃除婦をのぞいて、ぼくと女子大生とかれ自身とに窮境を演説した。

ミスター・ゴルソンの論旨はきわめて明快であって、かれはGIOの調査データを先月の三倍の分量毎月おくることを本国から求められており、その最低線が今後保障されない時には極東研究員としての職務を解かれる、どうしてもわれわれは能率をあげなければならない、そういうことであった。

能率をあげるためにはどうしたらいいだろうか、大学新聞にもっと大きい広告を出そうか、また大学構内に張り紙して訴えかけようか、《学生運動を離れた旧活動家の学生をミスター・ゴルソンが待っています！》

ミスター・ゴルソンの問いにこたえて、ぼくはその広告による方法では決定的な状況の好転は望めないのではないだろうか、といった。すでにミスター・ゴルソンの後退青年研究所は学生たちのあいだに有名であって、これ以上広告しても大勢の傷ついた青年が新しくやってくることはまずあるまい。

通訳兼タイピストの女子大生もほぼ同じ意見で、もし自分たちが大学構内に広告をはってまわり、またGIOに来てその体験を語ってくれそうな傷ついた青年をスカウトしてまわったとしても、GIOの調査が始まったころのように多くの青年がやってくることはあるまい。それは結局《傷ついた青年》がそう沢山この世に存在しているわけではなく、学生運動で挫折を体験した青年がＧＩＯに呼びかけられるのを待って数知れなくひそんでいるわけでもない。もう底をついたのではないか？

ミスター・ゴルソンもぼくも通訳兼タイピストの女子大生も、暗い気持で永いあいだ議論しあった。ミスター・ゴルソンはいま日本を離れたくない個人的事情をもっていたし、この仕事を途中で放棄することは本国に戻っても大学の良いポストにつけなくなることを意味しているはずであった。また、ぼくにしても女子大生にしても、きわめて安定した、しかも効率の良いアルバイトとしてのＧＩＯをそう早急に辞めたくはなかった。

ミスター・ゴルソンは、あと一箇月だけでいいから良い成績をあげたいといい始めた。議論がお先まっくらの行きづまりの色をおびてくるのにつれてミスター・ゴルソンが妥協案を出したわけだった。一箇月全力をあげて活動し、すばらしい成績をあげた上でなら、すでに日本の学生については大略調査が終ったと報告ができ、別の任地へうつることを許されるだろう。いまのように悪い成績を非難されている時に任地変更を申し出たりしたらたちまち馘《くび》になって、南朝鮮や台湾には別の男が行くことになるだろう。

ぼくと女子大生も、いますぐこのアルバイトがなくなる場合とちがって一箇月余裕があれば別のアルバイトを探しだすひまもできるわけだった。そこでぼくら三人とも、次の一箇月に、実に良い報告をまとめることのできる調査をしようという結論にたっした。

それにしても、まずぼくらはＧＩＯにやってくる後退青年を何人かみつけることなしには一枚の調査データカードもつくれないし、報告書もまとめられないわけである。その時不意にぼくが心にうかべたこと、それは後退青年を、なにか傷ついて挫折したような告白をする青年をぼくらの手でつくりあげること、簡単にいえば、任意の学生たちを後退青年にしたててGIOへ贋の告白をしにこさせるというプランだった。そしてそれは思いついてみればなぜ今までそれについて考えなかったかわからなく思われるほどの良いプランであると思われた。ぼくらはいままで、学生運動に、あるいは党活動に深く入りこんで働き、その後、政治的・思想的な挫折を実際に体験した、《傷ついた青年》からその傷の告白をうけてきたわけである。そして、ぼくらは、少なくともぼくと通訳兼タイピストの女子大生は《傷ついた青年》から告白をうけることに、ぼくらの心の内部にもつたわる、ある痛みを感じてきたのであり、また《傷ついた青年》はみずからの傷を告白することに、ある痛みどころか決定的な抵抗をのりきってしかぼくらのGIOにあらわれなかった筈である。思ってみれば、ほんとうの後退青年がGIOにやってきていたこと自体、きわめて異常な非人間的なことだったのだ。

ぼくの新しいプランでは、任意の無傷な学生にちょっとした演技をもとめればよかった。しかもぼくはその青年が隣の部屋へインタヴューを受けに入って行くのを見おくりながら、あたかもその青年が暗黒の深淵に入りこんで行くのを見おくるような動揺をうけることはなく、またインタヴューをうけて出てくる青年の顔から、うちのめされたという印象とか、また、多くをしゃべりつくしたあとの疲労感と昂奮から紅潮した皮膚に後悔とか自己嫌悪とかの暗く湿っぽい汚物がまといついているのを見なくてもよくなる筈である。なぜならすべてはお芝居にすぎず、かれは《傷ついた青年》ではないのだから。

ぼくはミスター・ゴルソンに、ぼく自身が明日、大学でインタヴューの応募者を個人的にあたってみて何人か見つけてこよう、それも学生運動に何年か前、はなばなしくたずさわっていた青年、典型的な後退青年を見つけてこようと約束した。

翌日、ぼくは教室のあいだを駈けまわり、また研究室やサークル部室にも顔をだして、ぼくの狙いを説明してまわった。任意の学生、それでも二三年前の学生運動についてくわしく知っている学生、そしていかにも挫折を体験したという印象を躰のまわりに立ちめぐらせている学生がよかった。希望者は多く、ぼくはそのうちから十人をえらんだ。みんなGIOについてはよく知っていた。そしてかれらも、ぼくと同じように、後退青年研究所がぼくらの演技の結果、まったく不正確なデータをせおいこむことを愉快がった。ぼくらはおたがいにいいあったものだ、アメリカ人ごときが日本のほんとうに《傷ついた青年》の傷に指をつっこんでひっかきまわすことができると思っているなら、とんだ料簡ちがいだよ、おれたちの気まぐれな告白遊びが、あいつらの学問の根本をかたちづくるとはね、などとぼくらは陽気に話しあったのである。その日の夕暮には、十人の学生がGIOを訪れる日と、かれらの役まわりのすべてがきまっていた。

次の週からGIOにとって始まって以来の豊かな内容をもつ日々がつづいた。ミスター・ゴルソンは上機嫌で、いままで自分が会いたいと望んでいた後退青年の典型とインタヴューできた、と毎日のようにいっていた。ぼくもまた、実にたくみに告白遊びをしてくれる学生たちを隣の部屋へ陽気な感情でおくりこむだけでよかったから、解放された良い気分だった。

ただぼくにとってわずかな不満の種になったのは、通訳兼タイピストの女子大生が不意にGIOを辞めるといいだしたために、その月の調査を途中でうちきり報告書をいそいでまとめる決心をミスター・ゴルソンがしたことだった。ぼくが予約しておいた演技者が二人あぶれることになったのである。

ミスター・ゴルソンはその月の報告書とともに日本での仕事が完了したことを本国むけ報告し、一応GIOを閉じて転地指令を待つつもりになっていた。そして女子大生にもGIOの閉鎖まで働いたものとして特別手当を申請してやるといっていた。ミスター・ゴルソンはその月のインタヴューの成功に深い自信をいだき、かれの報告書が最後の花として大喝采をうけることを信じていた。

ミスター・ゴルソンがとくに自信をもっていたのはぼくにとっては七番目の演技者にあたる学生で、その男は背の低い猿のような額をした色の浅黒い学生で、ぼくもはっきりした知識をかれについてもっていなかったが、ミスター・ゴルソンはその学生にかれがインタヴューを始めてもっとも典型的な後退青年を見たのであった。そして、通訳兼タイピストの女子大生がGIOを辞める決心をしたのもその七番目が動機になったことがあとでわかった。

報告書の作成がおわりそれを本国むけ飛行便で発送し、GIOを一応閉鎖した夜、ぼくらは簡単なパーティをひらいたが、その時、女子大生は、なぜGIOを辞めたくなったかとミスター・ゴルソンが問うのにこたえて、あんな恥知らずの日本人青年を見たくないからだ、と答えた。ぼくは、その始めておとずれた深い焦燥感に身も世もないような女子大生にたいして余裕にみちたおかしさを感じていたし、ミスター・ゴルソンのふと当惑したような顔にも、かつて感じた、異質な、摑みきれない感じではなく、ごく平凡な世間知らずの学者の、あるもどかしさだけしか見なかった。ぼくは、あの猿のような額の七番目がどんな告白をつくりだしたのか知りたいとさえ思ったものである。

しかし、ぼくはまったく意外な形で、七番目の告白を知ることになった。ぼくらのGIO閉鎖記念パーティから一週間たって、日本で最大の発行部数をほこる新聞紙上に、ぼくは七番目の写真および、その告白を読んだのだ。写真はミスター・ゴルソンのGIOの仕事についての紹介記事のなかに挿入されたもので、ミスター・ゴルソンも七番目の隣に立って笑っていた。それはインタヴューのあとで通訳兼タイピストの女子大生が撮影したものにちがいない。その写真にうつっているA君と新聞は説明していた、A君はミスター・ゴルソンが後退青年の典型とよび、GIOの調査の最大の収穫とするもので、A君の後退青年となったいきさつは次のようだ、と調査カードを引用している。

Aは日本共産党の東大細胞のメムバーであったが、仲間からスパイの嫌疑をかけられ、監禁されて拷問をうけ小指を第二関節から切りとられた。そして恋人から逃げられ、細胞を除名されたあと、自分からこころざして本富士署の某警官に情報提供をした。しかし、学生運動の外に出てしまったAの情報は有効でなかったためスパイにも不合格で、現在Aは孤独な学生生活をおくっている。かれは自分を挫折に追いこんだ唯一の原因として、かつての仲間を憎んでいるが、スパイ嫌疑のもとになったのは裏切った仲間の密告によるものであったらしい。ミスター・ゴルソンは、Aに日本の左翼学生の後退の一典型を見ている。

ぼくは新聞の囲み記事の中央でミスター・ゴルソンとならびあいまいな猿のような笑いを頬にうかべている七番目の男を、いま絶望的な深さの暗い淵がのみこもうとしているのを感じた。ぼくは震えはじめ、そして自分が七番目の男の不幸の外にいることを確認したい欲求にかられた。ぼくは通訳兼タイピストの女子学生の声が頭の暗く熱い中央によみがえるのをはらいのぞこうとした、あんな恥知らずの日本人青年を……

冬で、五時限目の授業がおわると夕暮と激しい寒気が大学を閉ざす、ぼくは躰をすくめ前屈みに正門を出たところで、電柱の陰にかくれていた背の低い男が手袋で横顔をかくしながらぼくにむかって歩いてくるのを恐慌の思いで見た。ぼくらは黙ったまま肩をならべて大学の煉瓦塀にそった暗がりを歩いた。

——告白遊びのつもりだったんだ、とうちひしがれた声で七番目の学生はいった。おれはそれであんなめちゃくちゃをしゃべったんだ。新聞にのるなんて思ってもみなかった。

——おれも思ってもみなかった、とぼくは絶体絶命の窮地から悲鳴をあげる気持でいった。ミスター・ゴルソンに抗議しよう。

——抗議ならしたんだ、新聞にあれをとり消してくれと、あいつに会いに行って抗議したんだ。しかし、とり消さないというんだ。あの紹介記事にのったおれの告白は、いまもテープが残っているし、証人もいるから、とり消さないというんだ。おれはあれを、告白遊びだといった、でたらめだといった。ところがあいつは、遊びにしても、でたらめの告白にしても、とにかくおれがしゃべったことに意味がある、というんだ。

ミスター・ゴルソンの淡灰色に澄んだ眼、細く高い鼻梁、桃色のぶよぶよした皮膚、それらがたちまち傲慢な統一をおびてぼくのまえにあらわれた、それは途方にくれ恐慌におちいっている猿のような額の青年を冷酷につきはなしている。ぼくはミスター・ゴルソンの傲慢なイメージの陰に自分をとけこませた。不意に余裕と冷淡さが胸のなかで育った。

——しかし、あの新聞記事の不明瞭な写真からきみを見つけだすのは、きみのごく親しい人たちだけじゃないか？　とぼくはその余裕と冷淡さに乗じていった。そしてきみのごく親しい人たちにならあの告白遊びのことを説明して大笑いするだけじゃないか。

——だめなんだ、おれの恋人にしてからが、あの記事を読んでおれを見る眼がかわった、と背の低い猿のような額の男はいった。そしてぼくのまえにその左手をぬっとさしだすのだ。

ぼくはその小指が第二関節から切りとられているのを見た。ぼくは胸をふさがれ黙って立ちどまった。男はいじめられている稚い子供のような眼でぼくをすがりつくように見ながら左手をぼくの顔のまえにさしだしつづけているのだ。ぼくは鋪道を走ってくるバスを見、それに乗ろうとする身ぶりを示した。

——ミスター・ゴルソンは一月たったら訂正の記事を新聞に出すと約束してくれたんだ、テープも戻してくれるというんだ、きみもそれを覚えておいてくれよな。ああ、なぜおれはあんなに熱心にしゃべったか、わからないよ。

バスがとまり、ぼくはそれに乗りこんでから、学生がぼくに続いて乗りこんでくるのを一瞬おそれたが、かれは暗がりにひそんでぼくを見送っているようなのだ。ぼくは解放感とともに、おれにもなぜあいつが、そんなに熱心にしゃべったかはわからない、と考えた。そしてそれは今も、ぼくにとってははっきりしないことなのである。一箇月たち、ミスター・ゴルソンはその報告書を高く評価されてヨーロッパの研究所へ転属されることになった。かれは新聞に紹介された分のデータが事実に反することを発表し訂正しても、その新しい研究所への出発を、もう妨げられる筈はなかった。しかしかれはそれを発表せず、訂正もせず、ぼくと女子大生の見送りをうけて羽田を発って行った。それはあの七番目の学生が一箇月たっても再びかれのまえにあらわれなかったからである。ミスター・ゴルソンはあの七番目の学生に返してやるべく、そのテープをぼくにたくしたが、それはまだぼくの手許にある。ぼくはミスター・ゴルソンからそのテープをうけとった時、ミスター・ゴルソンが注釈するようにいった言葉を思いだす、このテープの学生こそ、典型的な後退青年でしたよ！

そしてぼくは、この現実世界のそこかしこにひっそりひらいている暗黒の深淵への漏斗状の傾斜を身のまわりに感じるのだ。

（一九六〇年三月「群像」）

雨のなかの噴水

三島由紀夫

少年は重たい砂袋のような、この泣きやまない少女を引きずって、雨のなかを歩くのにくたびれた。

彼は今さっき丸ビルの喫茶店で、別れ話をすませて来たところだ。

人生で最初の別れ話！

それは彼がずっと前から夢みてきた事柄《ことがら》で、それがやっと現実のものになったのだ。そのためにだけ少年は少女を愛し、あるいは愛したふりをし、そのためにだけ懸命に口説き、そのためにだけしゃにむに一緒に寝る機会をつかまえ、そのためにだけ一緒に寝て……さて、準備万端整った今では、ずっと前から、一度どうしても自分の口から、十分の資格を以《もっ》て、王様のお布令《ふれ》のように発音することを望んでいたところの、

「別れよう」

という言葉を言うことができたのだ。

その一言を言っただけで、自分の力で、青空も罅割《ひび》《わ》れてしまうだろう言葉。とてもそんなことは現実に起りえないと半ば諦《あきら》めながら、それでも「いつかは」という夢を熱烈に繋《つな》いで来た言葉。弓から放たれた矢のように一直線に的をめがけて天翔《あまが》ける、世界中でもっとも英雄的な、もっとも光り輝く言葉。人間のなかの人間、男のなかの男にだけ、口にすることをゆるされている秘符のような言葉。すなわち、

「別れよう！」

それでも明男《あきお》は、それを何だか咽喉《のど》に痰《たん》のからまった喘息《ぜんそく》患者みたいな、ぐるぐるいう咽喉の音と一緒に、（ソオダ水をその前にストロオから一呑《の》みして咽喉を湿した甲斐《かい》もなく）、ひどく不明瞭《ふめいりよう》に言ってしまったことが、いつまでも心残りだった。

そのとき明男は、その言葉が聴きとられなかったことをもっとも怖《おそ》れた。相手に訊《き》き返されて、もう一度繰り返すくらいなら、死んでしまったほうがましだった。永年金の卵を生もうと思いつめた鵞鳥《がちよう》がとうとうそれを生んだとき、そしてその金の卵が相手の目に触れる前に潰《つぶ》れてしまったとき、すぐもう一度同じものを生むなどということができようか。

しかし幸いにもそれはきこえたのだ。それがちゃんときこえ、訊き返されずにすんだのは、すばらしい幸運だったとしか云《い》いようがない。ついに明男は、久しい間山頂に遠く望

んでいた関所を、自分の足で踏み越えたのだ。

それがきこえたという確証は、つかのまに与えられた。自動販売器からチューインガムが跳び出すように。

まわりの客の話し声や、皿の音、レジスターの鈴音などが、雨に締め切った窓のために、一そう弾《はじ》け合って、内にこもって、窓のうちらのむしあつい水滴に微妙に反響して、頭のもやもやするような騒音をなしている。その騒音をとおして明男の不明瞭な言葉が、雅子の耳に届くやいなや、彼女はそのやせた引立たない顔立ちから、まるで周囲を押しのけて、押し破ったようにみひらかれた、大きすぎる目を一そう大きくした。それは目というよりは、一つの破綻《はたん》、収拾のつかない破綻だった。そこから一せいに涙が噴出したのである。

雅子はすすり泣きの兆《きざし》を見せたわけでもない。泣き声を立てたわけでもない。ただ、すばらしい水圧で、無表情に涙が噴き出した。

もちろん明男は、そんな水圧、そんな水量のことであるから、すぐ止《や》むだろう、と多寡《たか》をくっていた。それをじっと眺《なが》めている自分の心の、薄荷《はっか》のような涼しさにうっとりした。それは正《まさ》しく彼が計画して、作り上げ、現実の中へもたらしたものであって、すこし機械的なきらいはあるが、立派な成果だった。

これが見たかったために雅子を抱いたんだ、と少年は自分に改めて言いきかせた。俺《おれ》はいつも欲望から自由だったんだ。……

そして今ここにある女の泣顔は現実なんだ！　これこそ正真正銘の、明男によって「捨てられた女」だった。

――それにしても、雅子の涙があんまり永くつづき、少しも衰えを見せないので、少年は周囲が気になり出した。

雅子は白っぽいレインコートを着たまま、きちんと椅子《いす》に身を正していた。コートの襟《えり》元《もと》から赤いスコッチ縞《じま》のブラウスの襟がのぞいていた。両手を卓の端に支え、その両手にひどく力を入れて、そのままの姿勢で硬直してしまったように見えた。

正面を見つめたまま、涙がとめどもなく流れるに任せている。ハンカチを出して拭《ぬぐ》うでもない。そしてその細い咽喉のところで呼吸が切迫して、新しい靴の鳴るような音を規則的に出し、学生風の依怙地《いこじ》で口紅をつけないその唇《くちびる》は、不平そうに捲《まく》れ上ったまま顫動《せんどう》している。

大人の客が面白そうにこちらを見る。やっと大人の仲間入りをした心境に明男がいるのに、こんな心境を擾《みだ》すのは、こういう目である。

雅子の涙の豊富なことは、本当に愕《おどろ》くのほかはない。どの瞬間も、同じ水圧、同じ水量を割ることがないのである。明男は疲れて、目を落して、椅子に立てかけた自分の雨傘《あまがさ》の末を見た。古風なタイルのモザイクの床に、傘の末から黒っぽい雨水が小さな水溜《みずたま》りを作っていた。明男はそれも、雅子の涙のような気がした。

彼は突然、勘定書をつかんで立上った。

六月の雨は、ふりつづけてもう三日になる。丸ビルを出て、傘をひろげると、少女は黙ってついて来る。傘を持たない雅子を、明男は自分の傘に入れてやる他はない。彼はそこに、冷たい心のまま世間体《てい》を気にする大人の習慣を見出《みいだ》し、それを今では身についたもののように感じた。別れ話を切り出したあとでは、相合傘だって、ただの世間体のためだと考えること。割り切ること。……どんな隠微な形にもせよ、割り切ることは明男の性《しょう》に合っていた。

広い歩道を宮城のほうへ向って歩くあいだ、少年が考えていたのは、どこでこの泣き袋を放り出そうかということだけだった。

『雨の日も噴水は出ているかな』

何となくそう考えた。何故《なぜ》自分は噴水のことなんか考え出したのだろう。さらに二三歩あるくうちに、彼は自分が考えていたことの、物理的な冗談に気がついた。

せまい傘の下で、冷たく邪慳《じゃけん》に触れる少女の濡《ぬ》れたレインコートの、爬虫類《はちゅうるい》みたいな感じに耐えながら、明男の心は強《し》いて快活に、一つの冗談の行方を追っていた。

『そうだ。雨のなかの噴水。あれと雅子の涙とを対抗させてやろう。いくら雅子だって、あれには負けちゃう筈《はず》だ。第一、あれは還流式なんだから、出る涙をみんな滾《こぼ》しちゃう雅子が敵《かな》うわけがない。いくら何でも、還流式噴水とじゃ勝負にならねえもんな。こいつもきっと諦めて泣きやむだろう。このお荷物も何とかなるだろう。問題は雨の中でも、いつものように、噴水が出ているかということだけだ』

明男は黙って歩く。雅子は泣きつづけながら、同じ傘に入って、頑《かたく》なについて来る。だから雅子を振り切ることは困難だが、思うところへ引張ってゆくことは簡単だった。

明男は雨と涙とで体中が湿ってしまうのを感じていた。雅子は白いブーツを穿《は》いているからいいが、スリップ・オンの靴を穿いた明男の靴下は、濡れた若布《わかめ》を穿いているような気がした。

オフィスの退《ひ》けどきにはまだ間《ま》があるので、歩道は閑散だった。二人は横断歩道を渡って、和田倉橋のほうへ歩いた。古風な木の欄干と擬宝珠《ぎぼし》を持った橋の袂《たもと》に立つと、左方には雨のお濠《ほり》に浮ぶ白鳥が見え、右方にはお濠を隔てて、Pホテルの食堂の白い卓布や赤い椅子の列が、雨に曇ったガラスごしにおぼろに見えた。橋をわたる。高い石垣の間をとおって左折すると、噴水公園へ出るのである。

雅子はあいかわらず、一言も発せずに泣きつづけている。

公園へ入ったところに大きな西洋東屋《アーバー》があり、葦簀《よしず》をかけたその屋根の下のベンチは、いくらか雨を禦《ふせ》いでいるので、明男は傘をさしたままそこに腰を下ろしたが、雅子は泣いたまま斜めに坐《すわ》って、彼の鼻尖《はなさき》へ白いレインコートの肩と、濡れた髪だけを見せている。その髪には香油に弾かれて、雨滴も白い微細な滴《しずく》をふりかけたようにみえる。泣いている雅子が、目をみひらいたまま、一種の人事不省に陥っているように思われるので、明男はふとその髪を引っぱって、正気に返らせてやりたいような気がした。

いつまでも雅子は黙って泣いている。明男が言葉をかけてくるのを、待っているのがはっきりとわかるだけに、彼はそれが業腹《ごうはら》で、何も言い出せない。思えばあの一言《ひとこと》を口に出して以来、彼はまだ一言も喋《しゃべ》っていないのである。

彼方《かなた》に噴水はさかんに水を吹き上げているのに、雅子はそれを見ようともしない。

ここからは大小三つの噴水が縦に重なってみえ、水音は雨に消されて遠くすがれているが、八方へ別れる水の線は、飛沫《ひまつ》のぼかしが遠目に映らぬために、却《かえ》って硝子《ガラス》の管の曲線のように明瞭に見えている。

見渡すかぎり人影がない。噴水の手前の芝生のみどり、満天星《どうだん》の籬《まがき》が、雨を浴びてあざやかである。

公園のむこうには、しかしトラックの濡れた幌《ほろ》や、バスの赤や白や黄の屋根がたえず移りゆき、交叉点《こうさてん》の赤いあかりははっきりと見えるのに、下方の青に変ると、丁度噴水の水煙りと重なって見えなくなった。

少年は坐って、じっと黙っていることで、いいしれぬ怒りにかられてきた。さっきの愉《たの》しい冗談も消えてしまった。

自分が何に向って怒っているのかよくわからない。さっきは天馬空《くう》を征《ゆ》く思いを味わったのに、今は何とも知れぬ不如意を嘆いている。泣きつづける雅子の始末のつかぬことが、彼の不如意のすべてではない。

『こんなものは、その気になれば、噴水の池へ突き落して、スタコラ逃げて来れば、それですむんだ』

と依然少年は、昂然《こうぜん》として考えていた。ただ彼は自分をとり巻くこの雨、この涙、この壁みたいな雨空に、絶対の不如意を感じた。それは十重《とえ》二十重《はたえ》に彼を押えつけ、彼の自由を濡れた雑巾《ぞうきん》みたいなものに変えてしまっていた。

怒った少年は、ただむしょうに意地悪になった。どうしても雅子を雨に濡れさせ、雅子の目を噴水の眺めで充《み》たしてしまわぬことには気が済まなかった。

彼は急に立上ると、あとをも見ずに駈《か》け出して、噴水のまわりの遊歩路よりも数段高い、外周の砂利路《じゃりみち》をどんどん駈けて行って、三つの噴水が真横から眺められる位置まで来て、立止った。

少女は雨のなかを駈けて来た。立止った少年の体にぶつかるようにやっと止って、彼のかかげている傘の柄《え》をしっかりと握った。涙と雨に濡れた顔が、まっ白に見えた。彼女は息をはずませてこう言った。

「どこへ行くの？」

明男は返事をしない筈であったのに、まるで女の側からのこんな言葉を待ちかねていたように、すらすらと喋ってしまった。

「噴水を見てるんだ。見てみろ。いくら泣いたって、こいつには敵わないから」

そこで二人は傘を傾けて、お互いから視線を外《そら》していられる心安さで、中央のはひときわ巨《おお》きく、左右のは脇士《きょうじ》のようにいくらか小体《こてい》の、三つの噴水を眺めつづけた。

噴水とその池はいつも立ち騒いでいるので、水に落ちる雨足はほとんど見分けられなかった。ここにいて時折耳に入る音は、却って遠い自動車の不規則な唸《うな》りばかりで、あたりは噴水の水音が、あんまり緻密《ちみつ》に空気の中に織り込まれているので、それと聴耳を立てれば別だが、まるで完全な沈黙《しじま》に閉ざされているかのようだった。

水はまず巨大な黒御影《みかげ》の盤上で、点々と小さくはじけ、その分の水は、黒い縁《へり》を伝わって、絣《かすり》になって落ちつづけていた。

さらに曲線をえがいて遠くまで放射状に放たれる六本の水柱に守られて、盤の中央には大噴柱がそそり立っていた。

よく見ると、噴柱はいつも一定の高さに達して終るのではない。風がほとんどないので、水は乱れず、灰色の雨空へ、垂直にたかだかと噴き上げられるのだが、水の達するその頂きは、いつも同じ高さとは限らない。時には思いがけない高さまで、ちぎられた水が放り上げられて、やっとそこで水滴に散って、落ちてくるのである。

頂きにちかい部分の水は、雨空を透かして影を含み、胡粉《ごふん》をまぜた鼠《ねずみ》いろをして、水というよりは粉っぽく見え、まわりに水の粉煙りを纏《まつ》わりつかせている。そして噴柱のまわりには、白い牡丹雪《ぼたんゆき》のような飛沫がいっぱい躍っていて、それが雨まじりの雪とも見える。

明男はしかし、三本の大噴柱よりも、そのまわりの、曲線をえがいて放射状に放たれる水のすがたに心を奪われた。

殊《こと》に中央の大噴水のそれは、四方八方へ水の白い鬣《たてがみ》をふるい立たせて、黒御影の縁を高く跳びこえて、池の水面《みのも》へいさぎよく身を投げつづけている。その水の四方へ向うたゆみない疾走を見ていると、心がそちらへとられそうになる。今ここに在った心が、いつのまにか水に魅入られて、その疾走に乗せられて、むこうへ放たれてしまうのである。

それは噴柱を見ていても同じことだ。

一見、大噴柱は、水の作り成した彫塑《ちょうそ》のように、きちんと身じまいを正して、静止しているかのようである。しかし目を凝らすと、その柱のなかに、たえず下方から上方へ馳《は》せ昇ってゆく透明な運動の霊が見える。それは一つの棒状の空間を、下から上へ凄《すご》い速度で順々に充たしてゆき、一瞬毎《ごと》に、今欠けたものを補って、たえず同じ充実を保っている。それは結局天の高みで挫折《ざせつ》することがわかっているのだが、こんなにたえまのない挫折を支えている力の持続は、すばらしい。

少女に見せるつもりで連れて来たこの噴水に、少年のほうがすっかり眺め入って、本当にすばらしいと思っているうちに、彼の目はもっと高くあげられて、いちめんの雨を降らせてくる空へ向った。

雨は彼の睫《まつげ》にかかった。

密雲に閉ざされた空は頭上に近く、雨はゆたかに、隙《ひま》なく降りつづけていた。見渡すかぎり、どこも雨だった。彼の顔にかかる雨は、遠い赤煉瓦《れんが》のビルやホテルの屋上にかかる雨と、正確に同じもので、彼のまだ髭《ひげ》の薄いつややかな顔も、どこかのビルの人気《ひとけ》のない屋上の、笹《ささ》くれたコンクリートの床《ゆか》も、同じ雨にさらされている無抵抗な表面にすぎなかった。雨に関するかぎり、彼の頰《ほお》も、汚れたコンクリートの床も同等だった。

明男の頭から、すぐ目の前の噴水の像は押し拭われた。雨の中の噴水は、何だかつまらない無駄事《むだごと》を繰り返しているようにしか思われなかった。

そうしているうちに、さっきの冗談も、又そのあとの怒りも忘れて、少年は急速に自分の心が空っぽになって行くのを感じた。

その空っぽな心にただ雨が降っていた。

少年はぼんやりと歩きだした。

「どこへ行くの？」

と今度は傘の柄にしがみついたまま、白いブーツの歩を移して、少女がきいた。

「どこへって、そんなことは俺の勝手さ。さっき、はっきり言ったろう？」

「何て？」

と訊く少女の顔を、少年はぞっとして眺めたが、濡れそぼったその顔は、雨が涙のあとを押し流して、赤く潤《うる》んだ目に涙の名残はあっても、声ももう慄《ふる》えていなかった。

「何て、だって？　さっき、はっきり言ったじゃないか、別れよう、って」

そのとき少年は、雨のなかを動いている少女の横顔のかげに、芝生のところどころに小さく物に拘泥《こだわ》ったように咲いている洋紅の杜鵑花《さつき》を見た。

「へえ、そう言ったの？　きこえなかったわ」

と少女は普通の声で言った。

少年は衝撃で倒れそうになったが、辛《かろ》うじて二三歩あるくうちに、やっと抗弁が浮んできて、吃《ども》りながら、こう言った。

「だって……それじゃあ、何だって泣いたんだ。おかしいじゃないか」

少女はしばらく答えなかった。その濡れた小さな手は、なおも傘の柄にしっかりとりついていた。

「何となく涙が出ちゃったの。理由なんてないわ」

怒って、何か叫ぼうとした少年の声は、たちまち大きな嚔《くさめ》になって、このままでは風邪を引いてしまうと彼は思った。

（一九六三年八月「新潮」）

相良《さがら》油田

小川国夫

――ちょっと熱を加えただけで揮発は蒸発します。放っておいたって蒸発しますね。うんと熱くしてやってもなかなか蒸発しないのは、悪い成分です。

――…………。

――ガソリンもいい成分ですね。八十度以上二百度以下で蒸発するんです。

――時枝さん、飛行機の燃料はなんですか。

――ガソリンです。

――そうガソリンですね。飛行機に使うガソリンは、とりわけいいものです。百度前後の熱で蒸溜したものです。もっと質の悪いガソリンは……。

――自動車なんかに使います。

――そう、自動車や軽便のレールカーに使いますね。

――………。

――軍艦の燃料はなんでしょうね。軍艦はなんで走るの。

――重油です。

――そう、重油ですね。では、重油は原油をなん度くらいに熱してやると、上って来るんでしょう。青島さん。

――………。

――教科書の表《ひょう》にあるでしょう。

――四百度以上です。

――そうですね、四百度以上ですね。こうして原油に熱を加えると、順次に、いろいろな種類の燃料がとれるんです。このことをなんていうんでしょう。

――分溜です。

――そう、分溜です。この分溜をやって行くと、結局、石油には捨てるところが一つもないんです。皆さんが電球を見ると、ねじのつけ根のところに、真黒いものがついているでしょう。ピッチといいますが、あれも石油からとるんです。燃料をとってしまった残りなんです。

――………。

――アスファルトも、ピッチと同じものです。

〈石油〉の課の授業は四、五時間続いた。理科を六年二組に教えたのは、主任の教諭ではなくて、上林由美子という若い女教師だった。先生は長野県の上諏訪というところで生れました、と彼女は自己紹介したことがあった。

浩たちの級に、高等科の生徒から伝わって来た噂があった。それによれば、上林先生の彼氏は海軍の士官だということだった。前の土曜日の夕方、彼女が彼と並んで、青池の岸を歩いていたのを、見たものがあるということだった。東海道線の駅に二人でいるのを、見たものもあったそうだ。

浩は青池へ遊びに行き、そこを歩いた二人のことを想像した。二人が残して行った温かみが感じられる気がした。

——彼氏か、と浩は呟《つぶや》いた。浩には、それは汚れた言葉だった。二月前、浩の行っている小学校では、急に校長が変ったが、前校長は免職になったというのが周知のことだった。かつての教え子だったバスの車掌と関係していたという。その時にも、浩の耳には、彼氏彼女という言葉が入って来た。

浩は母親から、山家《やまが》の人は肌がきれいだ、と聞いたことがあったが、上林先生はその証明のようだった。味けないほど白く滑らかで、きちんとした輪郭を持った顔をしていた。彼女の切れ長の眼のまわりが彫ったように整っていて、曖昧な影が一つもないのが、彼には不思議な気がした。生徒から質問されると、その眼は一瞬生《き》まじめな表情になって、かえって質問した者を緊張させた。こうして、ちょっと黙ってから、彼女はゆっくり質問に答えたが、その間の表情の動きに、自然に注意が集ってしまった。彼女の短い沈黙には、磁気の作用があるようだった。

理科の時間に、彼女から、日本の石油の産地を聞かれた時、浩は、新潟県と秋田県、樺太《からふと》の東海岸、と答えることが出来た。それから、

――御前崎にも油田があります、とつけ加えた。

上林先生は例の生まじめな表情になって、一瞬黙った。彼は、微かにだったが、疑われた感じがして、躍起になっていい張りたかった。しかし、口が銹《さ》びついたようで、言葉が出なかった。

――御前崎に……、そう、先生は知らなかったけど、調べて見ますね、と彼女はいった。

やりとりは時間の終りのベルが鳴ったあとのことだったから、授業はそこで打ち切られた。浩は、調べてみますね、という彼女の言葉にこだわった。生徒のいうことをないがしろにしない責任感とも受け取れたが、それよりも、浩のいうことをにわかに信じ難いとする、蔑視に似たものがあると思えた。

――先生には親しくされるのを拒むようなところがある、あの時僕に親しげなものいいをされたように、彼女は感じたのか、僕はそんな気はなかったのに……、と彼は思った。

すると、事実御前崎に油田があるかどうかが、彼には問題になって来た。そこに油田があるとは、たしかに聞いた気がした。しかし、だれに、いつ、どこで聞いたかもおぼえていないことだった。

彼は、父親の経営している事業所へ行き、年輩の従業員に、そのことを尋ねて見た。四、五人に尋ねたが、だれも知らないと答えた。彼には、たしかだと思っていたことが、段々曖昧になり、やがて事実無根になって行く気がした。物蔭になにかがいたような気がしたので、それを請け合ったが、調べて見たら、なにもいなかった、というのに似ていた。彼の耳に、調べて見ますね、という彼女の言葉が聞えていた。

浩は夢の中で彼女に会った。なまぬるい埃がたつ焼津街道を、海の方に向って歩いていると、前を行く若い女の人があった。上林先生だった。髪にも、水色のスカートにもおぼえがあったし、歩く時の肩の辺の動かし方も、そうだった。彼は駆けて行き、息を弾ませながら、

——先生、と声をかけた。彼女は、彼が近づくのを待っていてくれた。彼は追い縋ると、自分でも思い掛けないことをいった。

——僕は物凄い油田を見ました。

またいってしまった、と彼は思った。彼女はちょっと眼を見張って、それなりに生まじ

めな表情になって、しばらく考えていた。彼には、なんだか癪にさわることがあったが、それを抑えなければ……、という自制も働いていた。彼は自分のことを、緑シジミの幼虫が、暗くみずみずしい葉蔭で、一人で翻転しているように感じた。

——アメリカよりも、ボルネオやコーカサスよりも大きな、油田地帯です。

気がつくと、彼はそう闇雲にいいつのっていた。彼女は、浮世絵人形のような表情を動かしはしなかった。彼は、自分が無為に喋っているのを感じた。そして、なにをいってもいいのなら、いうことは一杯あるぞ、と思った。自分で自分に深傷《ふかで》を負わせてしまい、血が止らなくなった感じだった。彼はまたなにかいおうとした。すると彼女が、いつもの口調できいた。

——それはどこなの。

——大井川の川尻です。

——大井川の川尻……。あんなところだったの、と彼女は少し声を顫《ふる》わせて、いった。浩には、彼女が胸をはずませているのがわかった。駄目だと思いながらも叩いた扉が、意外にも手応えがあって動き始めたようなことだった。彼は自分の嘘の効果が、怖ろしく美しく彼女に表れたことに呆然としていた。

——僕はなにか海軍の士官のことをいったんだっけ、と彼が考えていると、

——軍艦の燃料はなんでしょうね。軍艦はなんで走るの、という彼女の声が聞えた気が

した。

——重油です。先生。……高い塔があっちこっちに立っていて、その間に精製所も見えたんです。

——大井川の鉄橋から見えるかしら。

——見えると思いますけど。

——それじゃあ、柚木さん、わたしこれから見に行くわ。そこへ連れて行って。

——鞄をうちへ置いて来ていいですか。

——鞄はいいわよ、持っていらっしゃい。

——……。

——遅くなってお母さんが心配したら、先生があとでわけを話して上げるから。

——……。

——さあ、一緒に行きましょう。

——……。

——軽便で行くのね。

——……え、ええ、軽便でいいんです。

浩は仕方なく歩き出した。軽便の駅までは大分距離があった。うしろでは上林先生の運動靴の足音が、ひっそりと、しかし確実にしていた。彼は途中でどこかへ迷い込みたかった。迷ってしまったような芝居をしたかった。だが彼の前にあったのは、そんな芝居に紛れ込んで行きようもない、一から十まで知りつくした道だった。心は足掻いていたが、足の方はまっすぐに、軽便の駅まで行ってしまった。彼女は彼を追い越して、出札口へ行った。そして、

——鱏《えい》の岩でいいのね、と振りかえっていった。

彼はうながされるように頷いた。彼女の向うに、出札口から駅員の顔が覗いていたが、浩を見つめて嘲ったようだった。

二人は軽便へ乗り、やがて大井川の鉄橋へさしかかった。彼女は川口に向って腰掛け、彼は川上に向って腰掛けていた。彼女は彼に問いかけ、しきりに口を開閉していた。声は響きにさまたげられて聞えなかったが、彼女がなにをいっているのか、彼には想像がついた。しかし彼は響きを隠れ簑にして、彼女に曖昧な顔を向けっぱなしにしていた。やがて列車が橋を渡り切ると、

——どっちの方かって聞いていたのよ、と彼女の声がしていた。彼女はきれいな歯を見せて笑っていた。浩は、自分がおかしい顔をしていたのだろう、と思った。彼はわざとのろのろと体を捩って、川口の方を見た。並んだ松の間に明るい灰色の洲と、いく重にもなって寄せている海の波が見えた。そして、鼻先の窓硝子に映った自分の顔が、松の葉の中に沈んでいるように見えた。その青地に目鼻立ちだけが浮かんだ顔が、お前、いよいよ誤

魔化せなくなったぞ、といっているようだった。彼は反射的に振り向いてしまうと、

——今見えましたよ、と唇を顫わせながら、彼女にいった。

——そう、眼がいいのね。

僕が見えたといったのは油田のことだ。だが見えないものは見えない。そして他の要らないものは、普段よりもよく見える。僕は今、自分の疚しい敏感な眼さえ見てしまった。先生の眼も歯も、あんなにはっきり見える、と彼は思った。

鱒の岩駅で下りたのは二人だけだった。ホームに敷いた砂利に踏み出す一歩ごとに、引き返せ、引き返せ、という声が聞えるようだった。だが彼には、そうした抵抗を押しのけなければならない、という気持もあった。自分は行く所があって歩いているように、彼女に信じさせなければならない、空しさに負けて、弱気をさらけ出してはならない、と彼は努めてもいた。

その日二度目に大井川の川原を見た時、もちこたえられない、と彼は感じた。苦しまぎれに彼の気持は、脈絡を失ってさまよい出て行ったのだろうか、いつもなら、そういうものとしてしか見ない、おびただしい数の石ころが、なにか途方もない間違いとして眼に映った。いつか彼が鱒の岩へ兄と来ると、そこに川上から夕日が射していたのを、当り前な眺めだとしか思わなかったが、きっと人間は馴らされ、騙されて、そう思うのだ、と彼は感じた。彼はたよりなげな口調で、突然いった。

——先生、世界に夕焼ってものがなくて、或る日急に夕焼が見えたら、みんなよく見るでしょうね。

——………。

——地球が出来てから無くなるまでに、夕焼が一回しかなかったら、その晩には気が狂う人が出るでしょうね。

——夕焼……。

——ええ、夕焼が。

——そうね、世界中の学者が調べるわ、きっと。

——みんな、きれいだって思うでしょうか。

——不思議な、美しいものだって思うわよ。

——怖ろしいものだって思わないでしょうか。

——これから、なにが起るかって思って……。

——ええ。

——結局はなにも起らないのね。

——でも夕焼がしたってことだけで、なにかが起ったんです。

——ふふふ、なにをいってるの、柚木さんは。

——………。

——それよか、油田のことよ。

——…………。

——あなたのいうのは、あれじゃあないのかしら。

彼女が指差したのは、川原の真中の洲に建てられた採石の小屋だったようだ。二階の小屋で、一階には大きな鉄の調車のついた機械が据えてあるのが見えた。

——えーと、あれだったかな、といった時、浩は腕の下側を擦って彼女の腕が添えられたのを感じた。彼女のうぶ毛がわかった。脈を見るぐらいのかたさに、彼女の指が手頸《てくび》を圧えていた。

——あそこにはだれもいませんね、と彼はいった。

——でも油田よ。

——油田の跡かもしれない。

——思い出した……。

——…………。

——柚木さん、行って見ようよ。

油田じゃあない、建物の正体がなんだか、僕は知っているんだ、と彼は思った。結末はこんな具合にしかなりようがないとはいえ、とんでもない出鱈目《でたらめ》になってしまったものだ、と彼は絶望して考えていた。友達からかすめ取ったナイフをポケットにしのばせてい

るのに、先生は、あなたが盗んだんじゃないことは、先生よく知っている、よく知ってい
るけど、規則だから一応持ち物の検査をするわよ、という、先生が本当にそう思っている
のか、そらをつかっているのか見当がつかない、自分が最後の土壇場まで信用されている
のか、それとも、自分の嘘は疾《と》うの昔に見透かされ、弄《なぶ》りものにされているのか……。
彼は彼女の顔をうかがった。意外にも彼女は、大真面目で採石の建物に油井を見ている
としか、彼には思えなかった。上気して胸を弾ませているようだった。彼の頭をまた、海
軍士官がかすめた。その人が彼女を、騙されやすい少女のようにする、と浩には思えた。
彼女は自分から暗示にかかって来るようなところがあった。彼女をとことんまで暗示に
かけておいて、最後の一瞬、彼女の眼に、あたう限りの極端な形で嘘をバラそうと、だれ
かが仕組んだ一幕のようでもあった。浩は、火つけ役になってしまった、と思った。彼は
破れかぶれになって、だだっ広く開けている河口の方を指差していった。
——あそこに貨物船が見えるでしょう、黒い桝みたいに。
——見えるわ。
——あれが石油を運ぶんです。あの船は横須賀へ行くんじゃあないんですか。
——そうなの。
——汽車や自動車なんかじゃあ運ばないんです。横須賀には戦艦や航空母艦がいるんで
しょ。

——秘密なのね。海軍が隠してやっているんだわ。

——……………。

——船がもう一隻見えるわよ。

二人は採石の小屋の六本の脚の間から河口と海を眺め、貨物船のことを評定《ひょうじょう》していた。浩は、話の中に引きこまれ、破局寸前の道程を足ばやに来てしまった、と思った。もう頭の上へ来てしまった採石の小屋に気づくと、もう一度、相手も自分も嘘で丸めることは出来ないものか、とあせった。しかし彼は、わずかな猶予に獅噛《しが》みつくことしか出来なかった。

——汲み上げた原油を船の所まで、どうして持って行くんでしょうね。

——砂利の下にパイプが通してあるんじゃないの。その中を流れているんだと思う。

——でも機械は今止っていますね。

——動いているみたい。

——止っているんでしょう。だからよく解りませんね。

——動いているわよ。

——錆びついてるようですよ。

——ううん、動いているって。機械があんなに濡れてるじゃあないの。

——濡れてるとこもあるけど……。

——そばへ近寄ってごらん。

——そう、随分濡れてますね。

——先生の眼、いいでしょう。

——でもなぜこんなに高く、二階の小屋なんかこしらえたんですか。要らないじゃないですか。

——バカね、浩さん、ここは大井川よ。川へ水がつくことだってあるじゃあないの。その時には、水と混ってしまうじゃあないの。パイプを二階へ上げて、そこへ原油を汲み上げて、精製しなくちゃあ。

浩は機械のわきから二階の床を見上げた。板の合わせ目から鍾乳石のように、汚いものが垂れ下っていた。それを見ると、二階にはなにか泥状のものがぶちまけてあるように思えた。なにがあるのか、上って見たい気がした。その時彼女がいった。

——浩さん、帰りましょう。……今日は有難う。先生、油田を見たの始めてなのよ。

彼には嬉しさがこみ上げた。どうなることかと思えた危機から、逃れることが出来た、と思った。断崖で行き止りになっているとしか予測出来なかった道が、崖っ縁をスレスレにかすめてU字形になっていた思いだった。

彼女の錯覚が続いているうちに、彼はその場を引き揚げてしまうべきだった。しかし、彼には心残りな気がした。彼の中には、もっとぐずぐずしていたい気持があった。

――二階にはなにがあるんでしょうか。

彼は彼女の方を見た。彼女は建物の影の外にいて、右手の人差し指になにかを引っかけ、くるくる廻していた。紐のついた鍵のようだった。

――二階なんか、見なくていいわよ。

――折角来たんだから、登って見ます。

浩は梯子の上り口へ歩いた。

――怖い人がいるわよ。

彼が梯子の横木の間から見ると、彼女の笑顔が眩しく見えた。それは彼女の笑顔には違いなかったが、彼女にふさわしくない脱線した感じがあった。浩は自分が彼女のための見世物になっている気がした。だが梯子を上りたい誘惑は、彼女になにかを知っているらしい態度を示されると、つのって来た。彼は彼女の笑い声を足の下にして行った。

彼が二階の床の上へ顔を出して見ると、そこは下で想像したのと違って、掃除の行きとどいた清潔な場所だった。河口に向けて広い窓があって、彼がいつか見学したことのある漁船の操舵室を思わせた。床に、海軍士官の制服をつけた華奢な青年が寝ていた。その向うにすりガラスの嵌った下窓があったので、浩のところからは、島のようにその人の真横の姿が見えた。帽子が、いがぐり頭から蓋がとれた恰好で、上をむいて落ちていた。浩がそっと首を引っこめようとした時、その人の唇から赤い紐のような血が流れるのが見えた。

浩は動けなくなった。彼は青年をしばらく見守っていたが、微動だにしなくて、ただ口から垂れた血だけが、ほんのわずかずつ、しかし小止みなく伸びて行くだけだった。蔓草の成長ほどにのろのろ這っている血の筋がなかったら、映写機が故障して映画の一コマだけがうつりっ放しになってしまったのと、その光景は違わなかった。

——苦しいんですか、と浩はいって見た。予期した通り、反応はなかった。彼は床へ上って士官を見下ろした。凛々しい顔立ちの青年だった。血の気の引き切った顔は生きているものとは思われなかった。それでも、

——どうしました、と浩はききながら胸を見つめていた。そして、そこが固くなっていて、瀬戸物のようだ、と思った。彼は今更のように袖章に眼をやって、

——海軍少尉だ、と呟いた。

浩は下り口まで戻り、梯子に足を掛けた。その時彼は、世の中の運行が、また従来の調子を甦《よみがえ》らせたように感じた。彼女の声が聞えて来た。

——一遍上ったら、下りて来ちゃあ駄目よ。

浩はその声におびえた気持を聞きわけた。なぜ駄目なんだ、と思った。するとそう思ったことを見抜いたように、彼女の声は囁いた。

——なぜでもよ、駄目よ、下りて来ちゃあいや。

——……。

——二階で待ってて。わたしじきに二階に行くから、そっちへ行くわ。
——二階へは来ないようにして下さい。
——なぜなの、柚木さん。
——二階へ上って来ちゃあ駄目です。
——なぜって聞いてるのに。
——来ちゃいけない、来ちゃいけない。
——じゃ行かないわよ。その代り、あなたが下へ来てもいけないわよ。
——なぜです。僕はもう二階なんかにいられません。
——怖いの……。
——気持が悪いんです。
——なにがあるのよ。
——なんにもありません。ただ我慢が出来ないんです。
——なにかあるんだわ。
——…………。
——いってよ、いってってたら。
——先生にはいえません。
——なぜ……。あなた二階で悪いことしたの。

——悪いことなんかしません。

——じゃあいい、もう聞かないわ。先生、二階へも行かないわ。だから先生のいうことも聞いて、下へ来ちゃあいやよ。機械のところへ来ちゃあ、いけないわよ。

——機械のそばへ行かなきゃあいいんですか。

——ううん、駄目。下りて来ちゃいけないの。わたし見られたくないのよ。

——僕は我慢が出来ないんです。もう我慢が出来ないんです。先生、気持が悪い、気持が悪い。

浩は梯子の横木から足をずらして、下の横木へ送った。眼の前が濁り、脂っこいスープの表面のように黄色の斑点が浮かんだ。そのつぶつぶの拡散や収斂《しゅうれん》につれて、ジーン、ジーンというふうな音がしているようだった。体が宙に浮く気がしたので、梯子に獅噛みついた。すると梯子が垂直に起き上って来た。それを押し戻して元の角度に倒そうとすればするほど、梯子は起き上って来て、彼は梯子もろ共自分が倒れるのを防ごうとしているのか、倒れるのを手伝っているのか解らないことになった。眩暈《めまい》が襲って来て、眼の前が闇になるのと、梯子から手が離れ、梯子が遠ざかって行ってしまうのと、同時だった。……気がつくと彼は川原に倒れていた。夕焼がしていて、逆光の中に採石の建物が、黒々と立っていた。大きな調車のついた機械も濃い影になっていた。さっき獅噛みついた梯子は、橙色《だいだいいろ》の光に濡れていた。彼は顔を上げると、

――先生、といった。それから立ち上った。まわりの道具立ては、彼が経験したことが満更夢ではない証拠になったが、かといって、どこからが現実で、どこからが彼の脳の中だけの出来事かは、区別のつけようがなかった。

上林先生はいなかった。もしここへ先生と一緒に来たのなら、彼女が倒れた僕を置きっぱなしにして帰ってしまうはずはない、と彼は思ったが、先生と一緒に来たのではないとは、なおさら信じられないことだった。彼は自分が気を失う直前の先生の声が、機械のあたりからして来た感じを持っていたので、機械のわきへ行って見た。しかし込み入った構造は墨のような闇に浸されてしまっていて、なに一つ分明なものはなかった。そして、そこには彼女が身をひそめるほどの空間があるとも考えられなかった。

彼は海軍の若い少尉が二階に死んでいたことを思い出したが、もう二階へ上って調べるのはいやだったから、採石の小屋から遠ざかり、大きな洲に乗って、昇降口から見える二階の中を透かして見た。すると海軍士官が、彫り物のように、水平線上の島影のように、赤い下窓のこちらがわに横たわっているのが見えた。

――あの人だって、置きっ放しにされた。

そう呟くと、浩はいく分淋しさを癒された気がした。しかし、それと共に、枯川の川床に似て荒れ果てた、上林先生の心の中をかい間見た気がした。

夕焼がさっきまでは明るい橙色だったのに、透き通らない肝臓の色に変っていた。なめくじの大群のような雲が空の半分以上を占めて、重たく彼にのしかかって来ていた。

翌日学校の昼休に、浩が蘇鉄《そてつ》の前の廊下を歩いていると、うしろから上林先生が追いついて来た。彼女は白いズック靴を上履きに使っていたし、身軽に歩くので、浩が身近に彼女の気配を感じたのと、話しかけられたのと同時だった。そのこともあって、彼はひどく胸を弾ませてしまった。彼女は浩を廊下のわきへ誘うように、腰板の方へちょっと身をひいた。そして、そこに伸びている蘇鉄の、葉尖に触りながらいった。

——あなたがいった通り、御前崎には油田があったんですね。相良《さがら》ってとこでしょ。

——………。

——石油の井戸っていった方がいいくらいね、きっと。……バケツで汲むくらいだっていうんですもの。

——………。

——でも、表日本ではめずらしいことよね。

——僕は見て来たわけじゃあありません。

——だれかに聞いたの……。先生だって油田をまだ見たことないわ。

（一九六五年七月「青銅時代」）

バス停

丸山健二

☆

休まずに歩いたものだから、だいぶ早くバス停に着いてしまった。母は息切れひとつしていなかったが、あたしはとても苦しんでいた。肺は穴でもあいたみたいな音をたて、膝頭がいつまでも震え、まるで病人だった。そのうえ、せっかくの服がどこかで着替えなければならないほど、汗でよれよれになっていた。

バスが来るまでにはあと四十分もあるというのに、母はひっきりなしに県道の向うの暗い谷間を見た。しかし、そこには埃っぽく曲りくねった道が雑草や田んぼにはさまれてあるだけで、バスどころか、人っこひとり通っていなかった。

あたりはただ暑く、まぶしく、そして静かだった。近くに木陰《こかげ》がないために、あたしの荒々しい息遣いは長くつづいた。田んぼと草むらの拡がりの中に立っているものはといえば、そのバス停の標識が一本だった。日傘でも持ってくればよかったのだ。

息切れはなかなかおさまらなかった。たった二年間であたしの体はすっかり弱ってしまった。村を離れた途端に調子が狂ったのだ。ちょっとした坂道にも音《ね》をあげるようになったし、第一歩くことがひどく億劫《おっくう》だった。

都会暮しであたしはいくらか変ったのだ。けれども村は少しも変っていなかった。何もかもが二年前と同じだった。あまりにも変っていなかったので、あたしはがっかりした。がっかりして、一日早く帰ることにした。ここは退屈だった。こんな土地で十数年も無駄にしてきたことが腹立たしく思えてならなかった。あたしには喋《しゃべ》ることが山ほどあるというのに、父や母や近所の人たちにはほとんど話題がなかった。去年の秋に起きた山火事のことばかり話すのだった。

皆はあたしを見て、「垢抜けした」を連発し、それからあたしのお喋りに耳を傾け、さかんに頷《うなず》くのだった。どんな話をしても疑われなかった。一から十まで信じてもらえた。だからあたしは数えきれないほど嘘をついた。都会での暮しぶりについてたくさん作り話をした。話だけでも充分だったのだが、小遣い銭をやるともっと信じてもらえた。あたしはあたしの顔を見に集まってきたひとりひとりにお金をやったのだ。

泣いたりしてまで喜んでくれるものだから、父と母には三日間連続でそれぞれ五千円ずつあげた。すると父は、どうしてもあたしと暮らしたいと言い出し、怪我をして町の病院で寝ている弟をないがしろにするようなことを口走った。母までがその気になって、近所へ言いふらしてまわった。

父も母も嘘つきだった。弟に家を任せたあとは、あたしといっしょに都会で暮らすことに決めた、などとあちこちの家で喋ったらしい。そこであたしはきっぱりと言ってやった。都会は年寄りの暮らせるところではない、と。お金はあげても、いっしょには暮らさない。

弟の顔はまだ見ていなかった。会いたいとも思わなかった。ベッドに横たわっていれば自然に治るような怪我くらいで、いちいち見舞ってやることはないと思った。しかし両親や近所の人たちがさかんに勧めるものだから、帰りがけに病院に寄る、と嘘をついた。

まあ愉《たの》しい休日だった。二年のあいだに覚えたどんな遊びよりも面白かった。三日間一滴の酒も口にしなかったし、タバコも人前では喫わなかったし、見ず知らずの男にむしゃぶりついたりもしなかったけれど、毎日ごろごろしていただけだけれど、いつになくいい気分だった。退屈には違いなかったが、気分は上々だった。

久しぶりに村へ帰ってみると、あたしの立場は完全に宙に浮いていた。風船みたいに浮かんで過すことができた。父も母も近所の人たちも皆下からあたしを眺めて、ため息ばかりついていた。でも、しまいにはあたしも疲れてしまった。いい加減なことばかり喋りまくる自分に愛想がつき、ついであたしが財布に手を触れただけで皆の顔つきが変ることに気づいたとき帰りたくなったのだ。都会へ帰って、同じ店で働いている女たちといっしょにお酒を呑《の》んで、ばか騒ぎをしたくなった。

今朝早く眼をさまして、「帰る」とあたしが言うと、父は涙ぐんだ。もうひと晩泊ってゆけばいいのに、と言った。

この三日間特に不満は感じなかった。ただひとつ両親が大切な質問をしてくれなかったことが、不満といえば不満だった。誰もがあたしの仕事について詳しく訊《き》こうとしなかった。二年前のデパートの売り子をまだつづけていると考えているのなら、よほどの世間知らずだった。また、およその察しがついていてわざと訊かないでいるとしたら、この上ないろくでなしだった。それをたずねられたときの答はあらかじめ用意しておいたのに。

もうそんなことはどうでもよかった。これで当分は村のことを思い出さずに生きてゆけるはずだった。あたしはあたしだった。あたしは村の人間ではなかった。それにちょっとした金持だった。今のあたしはたぶん村の誰よりもたくさん現金を持っているだろう。山や田畑という意味ではなく、また貯金の額でもなく、財布の中味を比べ合ったとすれば、間違いなくあたしが一番になるだろう。あれほど気前よくばらまいたあとでも、まだたっぷり残っていた。

そのあたしが頭にハンカチをかぶって、カンカン照りの中に立っているのは少し変だった。ふさわしくなかった。これではまるで都会へ働きに出かけた日とまったく同じだった。あの日はみじめだった。父も母も泣いた。近所の人たちも手を振ってくれたし、同級生や学校の先生も、弟も、そしてあたしも本気で泣いたものだった。

草いきれにのべつあたしは打ちのめされているのに、母は相変らず汗もかかないで気持よさそうにしていた。ギラギラした太陽を母はほとんど問題にしていなかった。顔と同じくらい日焼けした手であたしのバッグを大切そうに抱え、草の上に腰をおろして、上機嫌だった。

母がときどき県道の向うを眺めるのには、ふたつほど訳があった。ひとつはバスが来るのを確かめるためで、もうひとつは村人が通るのを期待していたからだった。このあたしを、たくさんお金を持っている娘を誰かに見せびらかしたかったのだ。

それはあたしも同じだった。今の自分をなるべく大勢の村人に見てもらいたかった。いい身なりとか、流行の髪型とか、整った顔立ちとか、高価なハンドバッグとかを全部見てもらいたかった。近所の人たちだけではなく、村中の人間に見てもらいたかった。町からタクシーを呼ばなかったのはそのためなのだ。バス停で待っていれば二、三人には会えると思ったのに、どこにも人影はなく、あたりはしんと静まり返っていた。暗い谷の方から吹いてくるひんやりした風がなかったら、あたしはとっくにへたばっていただろう。

その涼しい風だけが頼りだった。月見草の花がかすかに揺れて、草むらの奥深いところで鳴いていた虫が急に黙ると、谷川の水で冷やされた空気のかたまりがあたしを包みこむのだった。するといっぺんに汗がひいて、頭の中心まですっきりした。

あたしたちはほとんど口をきかなかった。母は自分から先に喋ることはなく、あたしはあたしで唇を開く元気さえなかった。近くの町からタクシーを呼ぶべきだった。そうすれば列車の中で着替えなければならないほど汗まみれになることはなかったし、今頃はもう村のことなどすっかり忘れていられたのだ。冷房の効いた車内でゆったりとくつろぎ、堂々とタバコをふかし、氷で冷した缶ビールを呑んでいられただろう。

そうだ、ビールを呑もう。まずビールを呑もう。列車が走っているあいだずっと呑みつづけよう。そうすればちょうどいい具合に酔っぱらって、あのアパートへ入って行けるだろう。同居しているあの女がどこかの男を引っぱりこんでいたとしても、あたしはたぶん平気でいられるだろう。バッグを部屋の真ん中へどさりと投げ出し、素っ裸で抱き合っているふたりを見おろして大声で笑うだろう。それからウイスキーで仕上げにかかり、あちこちへ電話をかけ、大勢で夜が明けるまでばか騒ぎをしよう。

よくもまあ三日も酒無しで過せたものだ、と思う。こんなことを都会の仲間に話しても信じてはもらえないだろう。

缶ビールを口元へ寄せるときのことを想像しただけで、首のまわりに暑さのせいではない汗が浮かびあがってきた。しかし、ビールが手に入るまでにはあと一時間以上かかりそうだった。バスが来るまでに三十分、バスが町の駅前に着くまでに少なくとも四十分。

☆

バスではなく、おんぼろの乗用車が一台あたしたちの前を通って行った。一旦通り過ぎてからまもなく引き返してきた。運転している男は黄色いヘルメットをかぶって作業服を着ており、母とは顔見知りらしかった。ダム工事に来ているのだ、と母は言い、いい人だ、とつけ加えた。しかし、あたしはそうは思わなかった。あたしはひと目見てどんなタイプの男かわかった。

男は愛想笑いを浮かべながら、あたしをまじまじと見つめ、町まで行くのなら乗せて行ってやる、と言った。母はとても喜んだが、あたしはきっぱりと断わった。勤め先のお店へ来る客のなかにも、彼のような男が何人もいた。油断のならない、金をかけずに遊ぼうと考えている男に違いなかった。

町へ行くには淋しい森をふたつも通り抜けなければならなかった。男はしつこく誘った。こんな暑いところにいることはないと言い、乗用車ならバスよりもずっと速いと言い、しまいには助手席の扉を開けたりもした。

「乗せてもらえ、おまえ」と母はしきりに言うのだった。

だがあたしは、バスのほうが酔わないからと言い、また、久しぶりにバスに乗ってみたいのだ、とも言って、動かなかった。男の顔は油を塗ったみたいに赤く光っていて、トマトのお化けのように見えた。しかし醜男《ぶおとこ》ではなかった。どんなひどいことでも平気でやってのける人相で、彼のほうでもあたしのことを見抜いているみたいだった。普通の女を見る眼つきではなかった。都会育ちか、都会に詳しい男でなければ、そんな眼であたしを見ることはできないはずだった。「あれ」と男は言って、芝居気たっぷりに首をかしげた。

「どこかで一度会ったかなあ?」

あたしは咄嗟《とっさ》にそっぽを向いた。もっと喋りつづけたいための口実とはわかっていても、あたしは思わず眼を伏せた。あたしの顔をまじまじと見つめる男は、日に五、六人もいるのだ。こっちはいちいち覚えていなくても、男のほうでは忘れていないのかもしれなかった。

ついで男はクルマを少し動かしたが、行ってしまったりはせず、逆にあたしのほうへもっと近づいてきた。クルマをバス停の脇に停めてからエンジンを切り、相変らず脂ぎった愛想笑いを浮かべてやってきた。作業服には汗のしみがあちこちについていて、模様のように見えた。

男は母とあたしのあいだに腰をおろした。強烈なワキガの臭いが鼻をついて、あたしはまたそっぽを向いた。あたしを誘うのを諦めたのか、彼は母に話しかけた。工事がだいぶ遅れていることや、連日の暑さで人夫たちが喧嘩ばかりしていることなどのあいだに、さりげなく自分が独身であることをはさんだ。こんな荒くれた仕事をしていたのではいつまでも所帯が持てない、と男が言った途端、母の眼が急に輝いた。

あたしはますます警戒した。その男がクルマを降りたときからいつでも身をかわせる準備をしていた。落着きのない眼でしょっちゅうあたりの様子を窺《うかが》っているのが怪しかった。年老いた母を片づけることなど彼にとっては造作もないだろう。あの太い腕をちょっと振りまわせばすんでしまう。そして、次はあたしがやられる番だ。

いや、彼はその前にもっとおとなしい方法で頑張ってみるつもりだろう。ゆっくりと時間をかけて、とりあえず自分と母とがどれほど親しいかをあたしにわからせてから、あらためてクルマに誘おうというのではないのか。どっちにしても、このあたしがそんな手にのるわけがなかった。ワキガの臭いが我慢できなかった。

男の目当てはあたしのほかにもあるのかもしれなかった。あたしと、ハンドバッグの中味を同時に狙っているのかもしれなかった。

無口な母が今ではとてもお喋りになっていた。見え透いたことばでさかんにあたしのことを売りこんでいた。家柄から始めて、あたしの財布の中味までべらべらと喋りまくった。それから母は男の腕や脚に触れ、親指の腹のところでそっと押してみたりした。それは死んだ祖父が農耕馬を買うときに使っていた方法だった。しかし男は何をされているのかわからず、汗にまみれたタバコに火をつけ、照れ隠しにふかしつづけた。

男はときどき横眼でこっちを見たが、あたしは仏頂面をしていた。そして母が「真面目な娘でねえ」と言ったところで、あたしはハンドバッグからタバコを取り出した。両切りのタバコを爪の上にトントンとたたきつけてから唇の端にくわえ、村の男の一ヵ月分の収入よりも高いライターでもって火をつけた。煙を肺いっぱいに深々と吸いこんで、鼻からゆっくりと出した。

やはり母は驚いた。あんぐりと口を開けてあたしを見ていた。ところが、男の顔つきは少しも変らなかった。彼はたぶん、あたしがその場でウイスキーをラッパ呑みにしたとしても驚かなかっただろう。着ている物を全部脱いだとしても……。

母は黙りこくってしまった。タバコを喫う女がどんな種類に入るかについて、母はかつてよく話したものだった。口をつぐんだ母は、暗い谷の方ではなく、夏の光がはげしく渦を巻いている南の谷を見つめていた。そこの大気は狂っているように見えた。

「遅いなあ、バスは」と男が呟《つぶや》いた。

あたしは何も言わなかった。こういう男は相手にしないのが一番だった。ひょっとするとあたしと彼は本当に会ったことがあるのかもしれなかった。彼が自信たっぷりなのは、そのときのことをはっきり覚えているからだろうか。

たとえそうだとしても、あたしは一向にかまわなかった。言い逃れる方法はいくらでもあった。第一あたしによく似た女など都会には数えきれないほどいるのだ。あたしが知っているだけでもそっくりな顔つきの女が三人もいた。鼻と眼の形を整えれば大抵の顔はこうなってしまうのだ。

三人とも喋らないでいた。彼が今何を考えているのかだいたいの察しはついた。しかし、あたしが想像している以上に恐ろしいことを考えているのかもしれなかった。そのときはそのときだった。彼が欲しがるものを残らず与えて、命だけ守ったほうが利口だった。

やがて男は無言のまま立ちあがった。あたしは持っていたハンドバッグをそっと傍《かたわ》らの茂みに隠し、体をこわばらせた。けれども男は何もしなかった。母の肩に手を置いて優しいことばをかけ、ふたたび蒸し風呂のようなクルマに乗りこんだ。彼は諦めたのだ。その気になりさえすれば簡単にやってのけられるうまい事をあっさりと投げ出したのだ。

男はあたしに向って、「それじゃあ、気いつけて」と言い残し、強烈なワキガの臭いを残して、夏の向うへと走り去った。舞いあがった土埃《つちぼこり》が草や稲の上に落ちて白っぽく染めた。

しばらくして虫の声が戻った。暗い谷から吹いてきた風があたしの汗を拭き取って、素早く遠のいた。喫いかけのタバコを蟻の巣に突っこんで火を消してから、草むらに隠しておいたハンドバッグをつかみ出した。あたしにはまだ信じられなかった。あの男が本当に諦めたとは思えなかった。そう見せかけて、実は仲間を呼びに行ったのではないだろうか。それとも、森のどこかで強引にバスをとめて乗りこんでくるつもりでは……。

安心するのはまだ早かった。時間はまだあった。母はいくらか落着いて、いつもの母に戻っていた。何か喋りたそうにしてときどきあたしを見たが、結局一言も発しなかった。きっとタバコの件について訊いておきたかったのだろう。いつから喫うようになったのかとたずね、ついでできることならやめたほうがいいとか何とか忠告したかったのだろう。ダム工事に来ているというさっきの男が急に立ち去ったのも、タバコのせいだと言いたかったのだろう。

もしも母が実際にそんなことを言ったとしても、あたしは弁解しないつもりだった。タバコを喫う女など珍しくないとわからせるには、黙って煙を吐き出してみせるのが最も手っ取り早い方法だった。だからあたしはまた一本口にくわえた。母とあたしのあいだを紫の煙が幾度も遮った。

「お小遣いあげようか？」とあたしは突然訊いた。そんなことを言うつもりはまったくなかったのに、舌が勝手に動いてしまった。「父さんに内緒であげようか？」

返事を待たないで、あたしは母のふところへ札を一枚押しこんだ。そうすれば母の頭のなかのもやもやがいっぺんに消えるだろうと考えたのだ。現に母はまたいくらか元気になった。もらったばかりのお金をふところから取り出し、じっと見つめ、それを体のどこへ隠しておこうかと思案した挙句に、地下足袋《じかたび》の底へしまいこんだ。

☆

急に母を見ていられなくなった。そのときになってあたしは初めて母の老《ふ》けこみに気がついた。同時に、まだ若かった頃の母の姿をはっきりと思い出した。たしかにあれから十何年も経っていた。

母はひからびていた。同じ生活を繰り返し繰り返しているうちに、冬の草のようにぐったりとなってしまっていた。あといくらも生きられないだろう。それは父にしても同じだった。しかし、あたしはまだまだ生きる。まだ何もかも始まったばかりだ。この二年間で恐いものはほとんどなくなった。都会なんて、男なんて、世間なんて、結婚なんて。もちろんあたしだっていつかはひからびてしまうだろう。仕事と酒のせいで、母よりももっと早くひからびてしまうかもしれない。それでもいい。それでも母の十倍は生きたと感じるだろう。

母はもうとっくに死んでいるのかもしれなかった。何年も前に、本人も知らないあいだに、周囲の者も気づかないうちに、死んでいたのかもしれなかった。そして今は、あたしから小遣いをもらうときだけ生き返っているのではないのか。それとも、このあたしといっしょにもう一度生き直そうと考えているのだろうか。父もあたしと暮らしたいと言った。前にはふたりともそんなことを口にしなかった。

暗い谷からの涼しい風がぱったりと跡絶えた。あたしの体はまた汗にまみれた。蒸気のなかで二年も働いてきたのだから、汗には慣れているはずだった。だが、まともに太陽に照りつけられるのは我慢できなかった。半分眼を閉じてもまだまぶしく、ハンカチをかぶっても効果はなかった。あたしは立ったり坐ったりを何度か繰り返し、早くバスが来てくれないかと苛立《いらだ》ち、県道の向うを眺め、落着き払っている母を見つめた。

母はヨモギの上に腰をおろし、手足を縮め、さかんに眼をしばたかせて、あらぬ方を見ていた。その姿は例の桶におさめられるときの恰好《かっこう》によく似ており、また、仔を抱きしめた母猿にもそっくりだった。

あたしは怒鳴ってしまった。

「来ないじゃない、ちっとも!」

胸のうちではただバスが遅いと呟いただけなのに、いざ口に出してみると荒々しい口調に変っていた。しかし、まだその時間にはなっていなかったのだ。ぶつくさ言いつづけて、あたしは母に当り散らした。タクシーにすればこんなひどい目にあわなくてすんだとか、もっと家でゆっくりしていればよかったのだとか言って、母を罵《のの》しった。

そうだった。三日前に二年ぶりで母の顔を見たときから、あたしはそうしたかったのだ。こんな退屈なところで三日も過したのは、母を怒鳴りつけるきっかけをつかむためだった。父も怒鳴ってやりたかった。近所の人たちもだ。それで生きているつもりなのか、と大声で言ってやりたかった。

しゃがんでいる母のまわりをぐるぐるまわって、あたしは怒鳴った。村に残っているすべての人間を罵った。みんな、みんなばかなのよ、と言ってやった。

けれども母は素知らぬふりをして、あたしを相手にしなかった。というより、母の耳には何も聞えていなかったのだろうか。だが、あたしは無視されたと受けとった。無視されたと強く感じた。それを感じた途端、叫んでいた。

「帰ってよ、もう！」

あたしではなく、ほかの誰かが叫んでいるように聞えた。

「子どもじゃないんだから、バスくらいひとりで乗れるわよ！」

母は動かなかった。あたしに背中を押されるまで動かなかった。あたしは無理矢理に母を立ちあがらせ、家の方へ歩かせようとした。母はしばらくためらったあと、やがて引きずるような足どりで細い坂道を下って行った。母が立ちどまったり振り返ったりするたびに、あたしはひどく取り乱した。わけのわからないことを怒鳴ったり、足元の小石を蹴ったりした。

母の姿が土手の下へ隠れたときにでもバスが来てくれたら都合がよかったのだ。そうすればあたしはせいせいした気分で、冷えた缶ビールからふたたび始まる生活へと戻って行けただろう。あたしのほうが母を無視できたのだ。

バスは来てくれなかった。時間になってもあたりはしんと静まり返っていた。動くものは何ひとつなかった。ここのバスが遅れることなど当り前だったが、遂にあたしは癇癪《かんしゃく》を起こしてしまった。持っていたハンドバッグを頭の上で振りまわした。

ハンドバッグをぶんぶん振りまわして、あたしはふたりの女に襲いかかった。髪を振り乱し、甲高い声でわめき、閉めたばかりのお店の中でふたりを追いかけまわした。誰もが面白がって、あたしをとめようとしなかった。ひとりの女は方言を真似てあたしをからったのだ。そしてもうひとりの女はこう言った。その顔でよくこの商売がやれるもんだ、と。

今では訛ることなしに喋れるし、金をかけたおかげで顔もだいぶ整った。それでも仲間の女たちとのもめごとはしょっちゅうあった。お客の少ない日には誰もが苛立っていた。そのたびにあたしはハンドバッグを振りまわしていた。

ハンドバッグの止め金がはずれ、化粧道具がこぼれ落ち、財布の中味が宙に舞った。もし突風でも吹いていたら大変なことになっただろう。さいわい風はなく、札はあたしのまわりに散らばっただけだった。それでもあたしは焦りに焦り、四つん這《ば》いになってお金を拾い集めた。

何度も何度も数え直した。しかし、どうしても一枚足りなかった。さっき母に小遣いとしてあげたことを思い出すまで、気が狂ったみたいな勢いで草むらのあちこちをかきわけた。

　お金を財布にしまいこみ、財布をハンドバッグの底へ入れ、ハンドバッグをしっかりと抱きしめた。赤ん坊でも抱くようにして胸にぎゅっと抱きしめた。

　まだバスは見えなかった。家に向って歩いて行く母の姿をあたしは想像した。想いたくもないのに想った。追いかけて行きたくなった。追いかけてまた小遣いをあげたくなった。近いうちにまた来るからと約束して、札を一枚ふところへねじこんでやらなければ気がすまなかった。そうしなければ列車の中で呑むビールがまずくなりそうだった。いっそのこともうひと晩泊って、明日やり直そうか、とも考えた。朝の涼しいうちに町からタクシーを呼び、父と母にちょっと手を振ってみせ、素早く別れたほうがよくはないか。

　ところが、結局あたしはバス停を離れなかった。タバコをふかしながら、太陽の真下にうずくまっていた。まだバスの音は聞えてこなかった。月見草の下では相変らず虫が鳴いていた。暗い谷間から涼しい風が押し寄せてきて、あたしの体を吹き抜けていった。

　あたしは震えていた。こんなに暑いのに、どうして震えなければならないのか自分でもわからなかった。まるで首振り人形みたいにのべつ頭をまわしてあたりを見た。けれどもそこには金色の光があるばかりで、人影はまったくなかった。ここがもし都会だとしたら、たとえ深夜であっても、少なくとも月見草の数と同じ人間がいるはずだった。だが、ここにいるのはあたしひとりだった。無視してくれる者さえいなかった。

あたしは震えつづけた。病気でもないのに、夏の真っ盛りだというのに、ひどく寒く感じられた。体全体の力が脱けてしまい、苛立つ元気もなくなり、太陽に負けてぼんやりとしていた。日射病にやられたのではないかと思ったくらいだった。知り合いの女たちをいくたりか集めて酒を呑み、大騒ぎをしてみたところでどうなるものでもなかった。そんな気がしてきた。

村を離れたばかりの頃は、よくそうやって震えたものだった。木造アパートの隅っこで、終電車のなかで、震えたり泣いたりしたものだった。デパートの売り子として働いていた当時は、周囲にある何もかもが恐ろしく、冷たく、空々しかった。

なぜ今になって、しかもこんなところで震えなければならないのか、見当がつかなかった。二年前のあたしではないはずだった。誰の力も借りないで生きてゆく方法をたくさん知っていたし、お金も持っていた。

そのときあたしはだしぬけに思った。ダム工事の現場で働いているというさっきの男がもう一度現われないだろうか、と。あのクルマがまた眼の前を通るようなことがあったら、あたしは手をあげてとめるだろう。そして、男がまだ何も言わないうちに助手席へ乗りこんでやるだろう。

☆

しかし、誰も通らなかった。あたしはまだ膝のあいだに顔を埋めるようにして、小刻みに体を震わせていた。寒く感じているのに汗がポタポタと垂れ、地面に吸いこまれたり歩いている蟻の上に落ちたりした。

ふと顔をあげると、そこには母が立っていた。あたしはまったく気づかなかった。母はいつのまにか戻っていたのだ。そのときの母は生き生きとして見えた。あたしのほうがはるかにみじめったらしく、老けこんでいるように思えてならなかった。

母は無表情のまま、立ちあがったあたしが体についた砂を手で払ったりハンドバッグを持ち直したりするのをじっと見つめていた。

母の右手がするすると伸びてきたかと思うと、あたしの顔が柔らかい布切れで覆われた。母はハンカチの代りにいつも持っているタオルであたしの汗を拭いてくれようとしたのだ。汗だけではなく、鼻までかんでくれようとした。

あたしの震えはぴたりととまった。あたしは化粧が台なしになるのを心配して、母の手をそっと押しのけ、低い声で、「もう、いい」と言った。母はタオルを大切そうにふところへしまいこんだ。

もしそこへバスが来てくれなかったら、あたしはその不思議な時間をどうやって潰していいのかわからなかっただろう。バスは予定より十五分も遅れて、暗い谷間から現われた。フロントガラスやバンパーをきらきらと光らせて、土埃を舞いあげながらこっちへ向ってきた。母は懸命に手を振って運転手へ合図を送った。

エンジンの熱気がどっと押し寄せ、タイヤが強く地面をこすった。あたしは荷物を持ってバスに乗りこんだ。母が運転手に何度も頭をさげたのは、「この子を頼む」という意味のむかしの癖だった。あたしがまだ子どもで町の歯医者へ通っていた頃、母はよくそうやってあたしをバスに乗せたものだった。

乗客はほかになく、腰をおろすと同時にバスは発車した。母はこっちに向って大きく手を振った。むかしのままだった。あたしもちょっと手を振った。それもむかしのままだった。違ったのはそのあとだった。あたしは大急ぎで財布を取り出すと札を一枚抜き取り、窓の外へ放った。土埃といっしょにそれは飛んでゆき、母の方へ流れていった。

そしてあたしは二度と後ろを振り返らなかった。だから、窓から投げたお金が無事に母の手に渡ったかどうかは知らなかった。気づいた母は慌《あわ》てふためいてそれを拾ったかもしれず、気がつかないでまだこっちに向って手を振っているかもしれなかった。しかし、バス停から離れた今、そんなことはもうどうでもよかった。

バスの中は涼しかった。まともに太陽に照りつけられることもなく、風がひっきりなしに吹きこんできていた。あたしは鼻に手をやってみた。母もさっきそこに触れたのだ。しかし、形を変えるためにさしこんであるプラスチックのために、その尖端はひんやりとしていた。

すでにあたしは元気だった。またビールへの思いが強まった。氷のかけらに埋まった缶ビールに口を近づけるときのことを想像すると、喉《のど》のあたりがスッとした。

（一九七七年三月「文学界」）

入江を越えて

中沢けい

風があるわけでもないのに、空気の中には埃が混じっている。乾いた土が、人の動き、車の動きで、細かい粒となって舞い上がっていた。上りホームで電車を待つ人々のほとんどは、都会へと帰る海水浴客だ。彼らの持つ鮮やかなビーチバッグは、昼過ぎの陽射しにしなだれた夏の花のように見えた。塚田苑枝の乗っている電車は、上り電車が到着すると同時に発車する予定の下りだった。

苑枝の車両には、五分間という長い停車時間にもかかわらず、誰も乗り込んでこなかった。誰か知り合いに出会うのをさけるために、改札口からいちばん遠い、最前部の車両を選んだためもある。二泊三日の図書委員会の合宿を三泊四日といつわって家を出たのだが、出がけに田元まり子から電話があったことを考えると、また誰が電話をしてくるか、たずねてくるか解らないと落ち着かない。それでなくとも、高校の三年生にもなって三泊も合宿に行くのかと、母は少々機嫌が悪かった。田元まり子の電話は、合宿に一日遅れで行くから、キャンプ場までの道順を教えてくれと言うことだった。彼女は一年生の時に図書委員をやっていただけなのだが、その後も委員会室によく出入りしていることから、女生徒が少ないので、合宿の時には誘うことになっていた。電話は苑枝が玄関で靴の紐《ひも》を結んでいる時に鳴った。道順なら、なにも私のところではなくて、同じ合宿に行く上田秀雄に聞けばいいのに、と苑枝はいまいましくてならない。田元が勉強があるからと二年生で図書委員を他の生徒と交替したのに、委員会室がわりの図書整理室に出入りするのは、たぶん、上田秀雄がいるためだ。

あれがもし、と苑枝は思う。玄関を出てしまったあとだったら、自分はこんなに不安になっていなかっただろうが、家では大騒ぎになっていたにちがいない。走り出した電車の窓から吹き込む生暖かい風に、苑枝はため息を、三つ四つたて続けに放り出した。鴨川駅からバスで一時間ほど、房総丘陵の中央部に入ったところにあるキャンプ場に向って家を出てきてしまった以上、覚悟をつけなければならない。何かの騒ぎが起きたら、その時のことはその時考えようと、苑枝は市街地をぬけて、一面、刈り取りを待つ水田に変った窓の外へ、また大きなため息をついた。

あともどりできなくなったのは、電車が走り出したためではないなと、苑枝は図書館の出入り口で広野稔にほんとうに来るのと聞きただされた時のことを思い出していた。広野君はどっちみち合宿に一日早く行くのだから、あたしも一日早く行けばいいじゃないと言い出したのは苑枝の方だった。キャンプ場に家も近いし、中型自動二輪の免許も持っている稔は、一日早めに出かけて、食べ物や必要な品物をそろえて置くことに決まっていた。二人して一日余分に過そうと約束してから、一ヵ月近くの間に交された会話は図書館の出入り口で、ほんとうに来るのとたずねられ、うんと首を縦に振った、それだけだった。苑枝は当然と言った表情をよそおって首を縦に振った。夏休みの間、学校の講堂を使って開かれている夏期講習会で毎日顔を会わせていたが、後にも先にもそれ以外の話は一言もしなかった。

二人がしゃべらなくなってしまったのは、あたしも一日早く行こうかしらと言った苑枝に対して、広野稔が、来ればいいじゃないかと答えてからだ。二人とも自分の言ったことを、信用してはいなかった。が、黙り込んでしまった。国鉄の駅まで歩く間に、こんなに黙っているのは初めてだと苑枝は思った。それまでにも、しゃべらないで歩いていたことはあったかもしれないが、沈黙を意識しなければならなかったことはない。半信半疑の約束を口を開けばまるっきりの冗談にしてしまいそうな気がした。苑枝はそれはちょっと残念な気がした。それでも駅前で稔はバスターミナル、苑枝は国鉄の改札へと別れる時、自分が一日早く出かけて怒る人間はいないかと尋ねてみた。学期末試験が終った頃から稔がしばしば誰かと待ち合わせている様子だったこともつけ加えた。稔の誰だかわからぬ相手のことを慮ったと言うより、怒る人間がいるから止めたと言う理由の方が、自分自身で尻ごみしてしまうより納得しやすく、諦めやすい気がした。だが、稔は苑枝の意図には気づかなかったようだ。毎日、上田と体育館で卓球をしていたんだよと、その時だけは不思議な約束をしてしまう前の屈託なさを取り出して、試験あけから上田秀雄が卓球に熱中してしまっていることを話した。

ボストンバッグを片手に林道を一時間も揺られて、キャンプ場についたら稔はいなかった。そんなことが電車の車輪の響きを聞いている苑枝にはありそうに思えた。稔はおろか、キャンプ場にひとっ子ひとりいないこともありうる。引率の教師もいない、研修とは名目だけの合宿だから、人出の少ない夏休みの終りを選んでいた。もし、誰もいなければ、またボストンバッグを抱えて山をおりるのかと想像した時、苑枝は自分が電車に乗り込んでからバッグをずっと膝に載せていたのに気づき、なにも一人しか乗っていない車内で抱えている必要はないのだと床に降した。

稔が約束をやぶって来ていないとか無視したり忘れたりしていることがあると、考えたわけではない。約束など何も無かったかもしれないと言う気がするのだ。行く、来いとそれだけで、思えばどこで何時に落ち合うのかなど具体的なことは一切合切何も決めていない。稔の姿がなかったとしても、それは彼のせいではなく、もとからなくてあたりまえのことかもしれないと思うと、図書館の入口で交した短い会話も、無かったことに思えてくる。はっきりしてしまうのが嫌で、半信半疑のままでいたくて、稔とは口をきかなかったのだとも言えそうだ。そのくせ苑枝は、合宿と生理がぶつかるからと言って薬局で買った薬剤を一粒ずつ飲んでいた。自分のとっている方法にかすかな不安を覚えて、講習会の帰りに図書館により、避妊の方法を調べ直したりもした。保健体育の時間にひととおり習ったのは一年生の時だった。体育教師があんたたちくすくす笑っているけど、いつ必要になるか解らないんですよと叱ったのを思い出し、ほんとうにいつ必要になるか解らないものだと、他人事みたいな感心をした。人が室内に入って来る気配を感じて、苑枝は開いていた本をあわてて書棚に戻した。稔が姿を見せるのと、苑枝が書棚を離れるのはほとんど同時で、日本十進分類法の490（医学・薬学）の表示をいまいましく感じた。

あの時、稔は苑枝が図書館に居ると知って来たのだろうか。ちょっと考え込んだが苑枝は解らなかった。稔と苑枝は特別、親しかったわけでもない。たまたま図書委員当番の日が同じだったので、いっしょに帰ったり話を交すことは多かった。特別目立つところのない、しいて言えば幾らか気の弱い生徒が稔だと、苑枝も他の同級生も思っていた。が、自動車教習所である生徒がばったり出会ってから、少し見方が変った。たいがい、自動二輪の免許を取りに行き出したりすると、誰かに話すものなのに稔は一言も言わなかった。新車を買うためにアルバイトをしていたらしいので、気紛れで教習に出かけたのでもない。新しく買った新車を仲間に見せたり、他の生徒と出かけたりもしなかった。そんなふうにひとりで新車を大切にする人間は、卵だの洗剤だのを積むのは嫌がるかと言うと、そうでもない。食料調達係だよと言われるとそうかと引き受けてしまう。

解らないと言えば、稔は時々図書整理室のごちゃごちゃと古本が積んである書棚の陰で何かをしていることがあるが、誰も彼が何を読んでいるのかしらない。古い本のさし絵とか古めかしい表現を楽しんでいるだけかもしれない。あのあったような、なかったような約束を交した日も、稔は糸の切れた本、紙の崩れかけた本の積み上げられた書棚の陰で何かを読んでいた。ふだんでも、稔が書棚の陰に居るのを知らずに委員どうしおしゃべりをしていることがあるくらいだから、稔の表現を借りて言えば「ごじゃごじゃした話」をしながら整理室に入って来た田元まり子と上田秀雄が彼に気づかなかったのも無理はない。出るタイミングがなかったからと稔は言っていたが、それはその後にいきなり扉を開けてしまった苑枝への言い訳に思えた。苑枝は自分の鞄をとりに何気なく扉を開き、田元が上田の身体からとびのくようにして離れたのを見た。二人が行ってしまったのを確かめてから、整理室に戻った苑枝は今度は稔に出会って悲鳴をあげた。この時は書棚の陰から出てきたばかりの稔の方が先に悲鳴をあげ、苑枝はそれにつられたのだった。稔は老朽化した校舎の中でも、ほとんど足音をたてずに歩く。

あのこと、と稔と苑枝はそう言う表現で話した。もし相手が稔でなかったら、例えば上田秀雄と稔の立場が入れかわっていたら、苑枝はしゃべりたい衝動にかられても、何も言い出せなかったかもしれない。下校の途中、二人はしばらく前に見てしまったことについて、話そうとした。苑枝は二、三週間前に、さほど親しくもない田元から相談にのってもらいたいんだけどと話しかけられたことを話した。田元は合宿に行くかどうか迷っているのだが、迷う理由は苑枝が聞いた限りではとりとめのない、正体のつかみにくいものだった。「上田はきっと、」とここでもまた「ごじゃごじゃ」と言う表現を稔は使って、「考えるのが苦手なんだよ。」と笑った。田元が合宿に行くのを迷うのも、上田が急に卓球に熱中するのも、あのことがからんでいるにちがいないと苑枝も稔も考えていた。

　上田はホームルームでも、結論の出そうにない議論なんか止めて、多数決で決定できることだけを手速く決めてしまおうとするたちだからなどと話しながら、苑枝は言葉の隅っこに、あのこととかそういうことといった単語を忍び込ませていた。曖昧《あいまい》で輪郭のぼやけた単語が苑枝の喉を通るたびに、小さなひっかき傷を残した。要するに田元のことも上田のことも彼女にはどうでも良かった。あのことについて話せれば良かったのだった。発音する度に苑枝の身体の中を流れている液体が凝縮して濃くなるのが解った。輪郭のぼやけた言葉は、稔と苑枝の間にふわふわと飛び交い、肌に触れる度に背筋に生暖かい湯が流れる感触が走る。

　どういう理由か苑枝は、それを樹木を抱いて眠るようなものだと思っていた。絵や写真を眺めてみても、その感覚は変らないばかりか、彼女の身体の中にしっかりと根をおろすのだった。生身の人の身体が冷たいわけはないのだが、苑枝は体温と言うものを想像してみることができない。風の中へ唇を突き出して、濡れた表面がさらりさらりと乾いて行く時、きっとこんな感じがキスと言うものをする時にはあるにちがいないと思い込むのだった。

欅《けやき》でも銀杏《いちょう》でも、幹に鼻先を近づければ、それぞれ特有のにおいがある。男子生徒が着替えた後の教室に残るにおいとはまったく別なにおいであるのに、樹木の放つそれを苑枝は異性の身体の芯に含まれているにおいのように思っていた。人の目を盗んで両腕にちょうど良いくらいの太さの樹木を抱いてみる。すると、腕と腕の間にあるうつろな空間が過不足なく埋められて、時の中に樹木と苑枝だけが佇んで動かなくなってしまったようだ。頭上で枝が騒ぐので、風が流れていると解る。葉がきらめくので光があると解る。青くさの中に混じった土のにおいと、乾いた幹のにおいに浸されて、苑枝の身体の体液も濃くなる。五メートル、十メートルと水分と養分を運び上げるに足りるほどの力が、わずか一メートル六十センチそこそこの苑枝の身体にあふれる。力を持てあました彼女の心臓は波打ち、呼吸は荒くなる。

だから、眠らなければいけないのだと苑枝は思っていた。眠って身体を静かに横たえたまま、樹木の力をきく。苑枝がなぜ眠らなければいけないと信じているのか、彼女自身にも解らなかった。ただ、あのことは全て、眠りと目覚めのための準備段階のように思える。一日のうちで初めて瞼《まぶた》を開き、自分を包んでいた闇に確かな光が射し込む、その瞬間に自分とは別の人間の姿が、腕の長さより近い場所にある。自分がのぞき込む相手の目の中に何が見えるか、考えただけでは解らない。けれども、一晩じゅう、力をたくわえながら凝縮し続けた体液が、一息に解放されて、のびのびと生気を放つのは、瞼を開いた瞬間にかかっているように思えた。

ついこの間、と言ってもそれがいつ頃をさすのか苑枝には正確に解りかねたが、細い細いと自分ながら感じていた手足が太くなっている。街路を行く大人と自分の手足の太さはさしてかわらぬか、時にはより太いくらいだと横目で確かめる。しかし、自分ひとりの時にはそれが信じられないのだ。風呂場の入口にある鏡に身体を映してみると、何か、欠けているように思われてならない。肉に含まれている体液の濃さがまだ薄過ぎるから、太さは大人のそれと大差なくとも、身体に肉が付いていると言う実感に欠けている。と、風呂場の入口で苑枝は自分の腕や腿を握ってみたり、乳房を掌ですくってみたりする。

自分の身体の重さと大きさを確めているのが、他ならぬ自分の掌であることをもどかしく感じた。右手で左手を、左手で右手を確かめることはできても、右手と右手、左手と左手を合わせからめることは、自分一人では不可能だった。首筋までは自分の掌をのばせても、背筋には届かない。足首も重さと大きさを充分確かめられるほどに握っていることもできない。苑枝は確かめたかった。自分に巣喰っている樹木を抱く感触が、ほんとうのものであるかどうか。一日のうちで初めて瞼を開いた時に、腕の中にいる人間の目の中に何が映っているのか知りたかった。

田元と上田がしているように、時間を待ち合わせていっしょに帰ったり、図書館でならんでノートを開いたり、喫茶店によったりすることと、確かめることとは、まるで別々の事柄であるように思えた。別々と言うよりは、どこをどうしたらつながるのか、苑枝にはさっぱり解らなかった。二人がいっしょに映画を見ていたと友だちから聞くと、そんなところに細い線がかくれているのかとも考えたが、はっきりと思い描くことはできない。それに苑枝だって、しばしば、男子生徒と帰り道がいっしょになったり、ついでに喫茶店に入ったりもする。広野稔であることもあれば、他の生徒のこともある。そういう関係と田元と上田はどうちがうのか、何かちがうとは思っても何がちがうか見当がつかない。苑枝は誰かとつき合うことにはたいして興味は持っていなかった。ただ、確かめたい知りたいと思うだけだった。

包装紙で包まれた箱のうえから、そっと中を探ろうとでもするように、苑枝はあのことと言う言葉を使った。最初、喉に傷を作った言葉が、稔と苑枝の間をふわりふわりと飛び交ううちに、二人は輪郭のない言葉のやりとりがおもしろく感じられてきていた。「そういうことなら、例えば私も一日早く合宿に行ってもいいわけじゃない。」と苑枝は、急に表の紙一枚をやぶってみたい衝動を覚えて言った。

「来るんなら、来てもいい。」と稔が言い出すとは思わなかった。けれども「来るな。」と言うとも思えなかった。どちらも苑枝は考えていなかった。自分ひとり、勝手に一枚の紙をやぶり取るような気持ちで言ったのだった。稔もまた自分ひとりの事でしかないような調子で答えた。最初、意外に感じられた稔の答もよく考えてみれば稔らしいと言えるかもしれない。何を考えているのか解らないところがあるよと上田などは稔のことをさして言うが、彼はたえず何かをひとりで考え、こねくりまわしている。誘われれば野球でも卓球でもするが、身体が動いている時にも頭は別なことを考えているように見える時がある。

苑枝はしばらく「来るんなら、来てもいい。」と言った後の稔の喉ぼとけを眺めていた。青くて開ききらない松ぼっくりの先端部分ほどの大きさの喉ぼとけは、何もしゃべってはいないのに時折ゆっくりと上下した。動く度にどちらかと言えば色白の薄い皮膚が引っぱられ、細く青い血管がすけて見えた。田元と上田がふたりだけだと信じ込んでいた整理室の書棚の陰でも、松ぼっくりほどの喉ぼとけはゆっくりと上下していたのだ。一部始終全てを見てしまったような気持ちになってはいたが、苑枝自身は二人の身体のわずかな部分が触れ合っているのさえ、実際には見ていないのだった。しかし、稔は見ていた。

教室や図書室で見慣れている稔は、薄い板のようなもので身体の周囲をかこんでいる稔かもしれないと苑枝は思う。板の向う側にほんとうの稔がいて、いつも周りを見ている。

上田と卓球をしているところも一、二度、見かけていた。一見傲慢なところのある上田が、人の良い稔に気紛れで卓球につき合わせているようだが、実は球を打ち返しながら上田を見すえている稔の方が、高慢な気分を身体の内に宿らせているのかもしれなかった。

苑枝が稔について、そんなことを考えたのは、不思議で得体の知れない約束をしてからずいぶん後のことだった。約束は苑枝の掌の中にあった。握りつぶして、粉々にしてしまおうと思えば、簡単にできそうだった。反故にして稔が怒ったり、冷たくなったりしても、苑枝には何でもないことだった。けれども、掌の中で約束をころがし、ためつすがめつ眺めているのは止められなかった。一度、手に入れたものを離してしまいたくはなかった。確かめたいと思いながらも、なす術のなかった苑枝の中に巣喰っている感覚を、あやふやな口約束さえ後生大事に持っていれば、確かめられるのだった。少なくとも苑枝にはそう思えた。

自分にも一度だけ、確かめることができるかもしれない機会があったのだと苑枝は思う。入学したばかりの彼女は二級上の上級生を気に入って、わざわざいっしょのバスに乗ったりした。図書委員を引き受けたのも彼が委員だったからだった。入学した解放感で自分も田元と上田のしているようなことをしてみたい気がしていた。結局、相手は苑枝の気持ちに気づいて、それとなくさけられてしまったが、偶然、彼が整理室にひとりでいる時に苑枝が行き合わせたことがあった。あの時ならば、軽く片手に触れるくらいのことはできたかもしれない。いつもならば、すっと席をはずしてしまう相手が、薄暗くなりかけた室内の椅子へ座ったまま動かなかった。何がしたかったかひとつだけ選べと命じられたら、苑枝は迷わずに、細くて長くて骨の固そうな指に自分の指を絡めてみたかったと答えるだろう。

結局、苑枝の足は動いてくれなかったし、相手も動くことなく、すっかり日が暮れてしまった。並んで下校しながら、いつもなら並んで歩くだけでも結構愉快なのに、その日は腹立たしいほど口惜しかった。

あの時だって、自分がしたことは扉を無造作に開いただけなのだ。今度もうかつに開いた扉の向う側に上田と田元が居て、稔もいた。無造作に扉を開けるようなものかもしれないと苑枝は思う。今度手放してしまったら、自分はあの時以上に口惜しくなりそうなのが解っていた。

鴨川駅の改札を出た苑枝は、アスファルトに色濃くうつった自分の影を見ながらバスターミナルへ歩いた。電車の中から、苑枝には約束がなかったように思えて仕方がなかった。大切な約束をしたにしては、強い陽射しに疲れて埃っぽくなった街並も自動車も人も、常日頃と変わらなく見えるのはどういうわけだろう。見上げた時刻表に記されたバスの発車時刻までは、まだ二十分ほど間があった。背の高い木製のベンチに腰をおろした苑枝はボストンバッグからタオルを一枚取り出して衿《えり》もとの汗をぬぐいつつ、キャンプ場に稔がいなかった時のことを考えた。

国鉄バスのブルーの車体が、狭い道路がきゅうくつだとでも言うように唸りながら、苑枝の前で方向転換し、ターミナルから出ていった。バスを待っているのは苑枝ひとりだ。アルバイトの腕章を巻いた男の子が土間ぼうきで金物のちりとりをたたきながら通り過ぎてしまうと、あたりは静まりかえった。昼過ぎにくらべると陽射しは弱まっているものの、気温は確実にあがっていた。陽に照らされた苑枝の足首にはいつの間にか埃がまだらに付いていた。

ひとりだけですることもなく座っていると、自分勝手にありもしない約束を、あったことのようにでっちあげたのだと、変に確信をともなった思いが湧いてきた。図書館の入口で稔がほんとうに来るのと聞いたのも、苑枝の記憶ちがいか、あるいは、三年生にもなって合宿なんかに行くつもりなのかと言う意味であったかもしれない。それでも、苑枝はともかくキャンプ場まで行ってみようとバスを待った。どうせ、バスもがらすきに決っている。モーターのうなる音をききながら、曲りくねった道を登ってゆくだけでもおもしろそうだった。

もし、いや、たぶん、キャンプ場には稔はいない。その時は終点から引き返してくる同じバスに乗って戻り、今夜は誰か泊めてくれそうな友だちをみつけよう。と、苑枝は住所録の付いた手帳をボストンバッグに入れてないのを思い出して後悔した。しかし、人口の少ない土地のことだ。電話帳が一冊あれば、電話番号ぐらいすぐに知ることができる。苑枝は、簡単に泊めてくれそうな何人かの顔を思い浮かべようとした。

バスターミナルは雨よけの庇がはり出している。庇はトタン板張りだ。トタン板の下で空気は澱《よど》み、日なたよりも蒸し暑い。苑枝は再びタオルで衿首をぬぐった。汗を拭き取る手のあたりに、かすかな人の気配を感じて、振り返ると、稔が歯を見せて照れ笑いに似た笑顔を突き出した。

白いたっぷりとした皺《しわ》だらけのシャツに、灰色に近い海松色《みるいろ》のズボンをはいていた。一瞬、稔が稔ではないように見えたのは、たぶんその服装のためだ。制服姿の彼は肉付きが良いとは言えないまでも、ちょうどぴったりと衣服の中に身体がおさまっている。ズボンのすそが折り返されていて、むき出しになった足首と腕はいつも知っている稔のそれよりほっそりとしていた。歩く度に布地を多めに使ったシャツのすそが、ひらひらした。

以前、稔と映画を見に行った時の服装を思い出そうとしたが、忘れ去っていた。映画のキップを二枚買った稔は誰かを誘って断わられ、もったいないからと苑枝に声をかけてくれたのだった。稔とならんで歩きながら、苑枝はふっとあの時、誰を誘ったのか聞いておくのだったなと思った。GパンにTシャツかトレーナーか、そんなありふれたかっこうをしていたはずだった。

「よく電車の時間が解ったのね。」

と苑枝が言うと稔は、

「二輪じゃ一度に荷物を運びきれないから。往復する度に駅をのぞいていたんだ。」

と答えたきり黙ってしまった。

稔のはいている靴はあきらかに新調したものだった。足にぴったりはしているが、ゴムの底がぶ厚く、作りもしっかりしているので、足首と不釣合なほど大きく見える。靴全体が大きいのだった。そんなに大きな靴をはいていても、稔はほとんど足音をたてずに歩いた。靴だけが右ひだり右ひだりと規則正しく進んでいるような歩き方だった。

がんじょうな靴から伸びた足首とふくらはぎの素肌はかわをむいたばかりの木肌に似た色をしていた。ズボンが灰色がかった海松色だから、きっとそう思えるのだと苑枝は、規則正しく動く稔の足を眺めていた。あごにも腕にも目立たぬ毛が、すねにだけははえそろっていた。はえそろったすね毛を見ながら、苑枝はやっぱり約束はしてあったのだなと、ほんの少し前まで不確かで信じるに足りなそうだった記憶が、急にしっかりとした手触りのあるものに変った。

歩きながらポケットを探り、キーを取り出した稔の手許から青い実がこぼれ落ちて、がんじょうな靴の上にポロポロところがった。苑枝がひろいあげてみると、実にはうっすらと白い粉が付いていて、指先でころがすうちに濃い緑色があらわれた。どうしてこんな、

草の実だか樹の実だかがポケットに入っているのかとたずねると、稔は、

「ひまだから、むしってみただけだよ。」

と黄色いバイクにキーを差し入れた。炎天下の山道を往復した車体は熱くなっていたが、どこもかしこもみがかれて、埃すら滑り落ちそうなほどきれいだった。油のにおいもしない。苑枝は乗るのを躊躇《ちゅうちょ》してしまった。それほど、稔が大切にしているのが一目で解った。日曜日とか、土曜日の午後は、きっと稔はずいぶん多くの時間をバイクを整備し、みがくことにさいているにちがいない。彼のスタートはいたって丁寧で、滑らかに走り出した。苑枝はボストンバッグを稔との間にはさんで、このバイクをみがいている時の彼はどんな表情をしているのだろうかと考えてみた。

県道へ出たバイクは左右に水田を見ながら進み、林道へ折れる手前で稔は、

「坂にかかるから、しっかりつかまって、身体は自然のゆれにまかせてればいいからね。」

と大声で言ったが、言葉を聞く前に苑枝は稔の腹へしっかりと腕を回していた。約束が、ここに身体を持っていると思った。汗は向ってくる風に乾き、ヘルメットをかぶった苑枝の耳もとで風は鳴った。借りたヘルメットにも傷はひとつもなかった。苑枝にヘルメットを貸してしまった稔は何もかぶっていない。少しのびた髪が苑枝の鼻先をくすぐった。身体の表面にまといつくことなく乾いて行く汗はやっぱり樹木のにおいに似ているのだと苑枝は、心地良く思った。

林道に入った稔は街路を走る時とはうって変って、強引ときには乱暴とも苑枝には思えるような走り方をした。苑枝は何も見なかった。ただ稔の身体にしがみついていた。

瞼を開いた時、苑枝は稔の少しあぶらが浮いた鼻先を見た。稔もまた瞼を開く。目覚めたばかりの稔の瞳をもう少し眺めていたかったのに、彼は意味のない微笑を浮かべると、すぐに寝返りを打ち、背中を向けた。ランニングシャツから出た肌に、床板のすき間のあとがみみず腫れのように赤く印されていた。同じ赤い線が、苑枝の背中からわき腹にもあった。彼女はまず自分の赤い筋を指先でたどり、続いて稔の筋もたどってみた。昨夜、ほんの少しだけ見ることができた稔の腰のあたりを、もう一度眺めてみたくなり、苑枝はそっと毛布をめくった。けれども稔が身体をよじらせたので、毛布のすそを離さなければならなかった。見てみたいと思いはするが、そんな好奇心を稔には隠して置きたかった。

バンガローの扉を開けて、表に出た苑枝はキャンプ場の炊事場のわきに立つ槙の梢あたりの空を眺め、六時半くらいだなと見当をつけた。太陽はまだひくく、空気は歯みがき粉が混じっているようなにおいがした。立っていると鼻先と爪先がしだいに冷える。

夏休みも終りに近いキャンプ場の泊り客は稔と苑枝しかいなかった。苑枝は歯みがき粉入りの空気を吸ったり吐いたりしながら、まだ自分が半信半疑でいるのがおかしくなって、ひとりで笑った。樹々の枝の間から射し込んだ光が、笑う苑枝の爪先を照らしていた。

炊事場のかたわらに立つ槙の木は、高さ十二、三メートルほどあった。細長い葉のかげに丸い実がたくさん付いていた。昨日、稔のポケットからころがり出た実は、槙の実だったのかと、たれさがった下枝に手を伸ばしてみた。眺めている限りでは丸い実だが、手を伸ばしてみれば、だるまの形をしていた。真ん中のくびれた部分がぽっちりと折れる。学校の周囲も槙の生垣で囲まれているが、苑枝は実が付いているのを見たことがなかった。並んだどの樹も同じ高さに四角く刈り込まれているためかもしれない。炊事場のかたわらにたつ槙は一度も刃物が入ったことなどないらしく、伸び放題の枝は歳月をへて下向きにたれさがっている。爪先で皮をはいでみると、縦に細くさけた。苑枝は三つ四つと槙の実をむしり取り、表面の白い粉がすっかりなくなって艶をおびてくるまで指先で弄んだ。

顔を洗い、手足をぬぐったあとで、苑枝はバンガローに戻るのを躊躇した。稔と顔を合わせたくなかった。

その稔は腰から下に毛布をかけたまま、ベニア板張りの壁に寄りかかっていた。積み上げられた食料品の箱の上に稔の白くて皺だらけのシャツが放り上げられている。稔のデイパックからは洗面道具や筆記用具がはみだしていた。いったいどこに横たわっていたのかと不思議になるほど乱雑な場所だった。苑枝はころがっていた品物に昨夜の自分たちの吐いた息や、蒸し暑さに流した汗の微細な粒子が付着しているように思えて、そそくさとボストンバッグの上に自分の衣類をまとめて表へ出てしまいたかった。ぼんやりと彼女を見ていた稔が扉を開けた時、何かを指差して笑顔を作る。開いた扉から空気といっしょに流れ込んできた光に、乱雑な荷物の中でひっくりかえっていた携帯用目覚し時計が光っていた。

目覚し時計は上部に半円形のベルがふたつ付き、その間をハンマーが行ったり来たりして時を告げる古風な形をまねたものだった。稔は誰かにもらったと言っていたが、掌に入るくらいの大きさの時計を気に入っているようだ。それが稔が休みの日に目覚める時刻なのかどうか知らないが、夜の十一時半というとんでもない時刻に鳴り響かなければ、二人は朝まで壁に寄りかかったままで居たかもしれない。鳥の鳴く声もしない山中の夜ふけ、時計は突然せわしく鳴り出して、自分でデイパックに詰め込んだはずの稔でさえ、最初は何の音か解らずにあわてふためいていた。

どこからともなくリンリンリンリンリンと鳴り続けた目覚し時計の音だけが、今になってみると目に見えて形のあるものだったような気がした。苑枝は炊事場近くのベンチに腰をおろして、目覚し時計の音を口まねしながら自分の靴下をくるくると振り回した。が、そのうちに、乱雑なバンガローの中ではたいして気にならなかった稔の視線を思い出して、靴下を振る手を止めた。視線はねばっこかった。皿から落とそうとしても、ふるえながら滑り落ちて行かないゼリーのかけらに似ていた。小さくて甘ったるくてべとつくかけらが、自分の身体にも無数に付着し、ふるえている。だから、逆に稔の何でもない視線をねばっこいと思うのかしらと苑枝は首をかしげて素足の爪先を眺めた。

かがみ込んで靴下をはいている間、田元の電話が思い出され、家のことが気にかかった。田元が二度も電話をかけることはないだろうが、他にも電話をしてきてもおかしくない生徒はいた。ふだん、友だちから電話をもらうことなど滅多にない苑枝だが、案外、こんな時に限ってと言う思いが湧いた。それを苑枝はズック靴の紐を結びながら、口の中にたまった唾液といっしょに飲み下した。

「塚田さん。」

バンガローの前に立った稔は、そう苑枝のことを呼んだ。日頃、塚田と呼び捨てにしていたのにと、苑枝は妙に感じて、海松色のズボンをはいた稔を見た。

「鴨川の駅前に十一時集合だろう。駅まで送るよ。」

そうねと素気なく返事をした苑枝は、いったい十一時近くまで何をしていたらいいのか、解らなかった。常緑樹の多い山を照らす光は、まだ朝の新鮮さを失なっていない。時間はゆっくりと進む。

その晩のことを思い出そうとする度に、苑枝はどれが行きの電車の中で得た印象で、どれが鴨川の駅からキャンプ場までの黄色いバイクの後部で得た印象なのか、バンガローの中で二人向い合った時の印象なのか、区別が定まらない。目をつぶるまいとしながらも、いざ稔の腕が苑枝の身体を抱えると、瞼は仕かけでもあったように降りてきた。瞼の裏にあらわれたのは、行きの電車の中から見た入江だった。

　山と田の間を走っていた電車が千倉駅を出たあたりから、段々とつらなる田と畑のはてに海が見えかくれする。かたわらに山が近づいてきたかと思うと、電車はいきなり海の真っただ中へ出た。海が線路よりも深く、陸地へと入り込んでいるのだった。くだけ散る波が、白っぽい砂を灰色に染めてはひくあたりに建った支柱の上を、電車は猛スピードで駆け抜ける。海面に乱反射する光で、車内は驚くほど明るくなり、波の飛沫が開け放された窓から飛び入る。東京湾を抱え込んだ内房では見られない、高く、白く、遠く、跳躍する波が、飽くことなく騒いでいた。

　額と額を合わせ、手足を絡めていると、あの波の飛沫のひとつひとつが、鴨川駅にむかえに出ていた稔のズボンのポケットからころがり落ちた小指の頭ほどの緑の実に変る。緑の実が、曲線を描く水平線のかなたまで、飛んでは跳ね、跳ねては転げる。

　苑枝は度々、タオル片手に振り返った時の稔のちょっと唇をかんだ顔を思い出した。一瞬、浮かんだ困惑した表情は身体を近づけている間でも残っていた。うす目を開いた苑枝は、やっぱり樹木の皮をはいだら、こんな肌があらわれるのだろうと、稔の背中をひっかいてみた。細く縦にさけたりはしなかったが、樹のさけた時の水を含んだ青くさいにおいが苑枝の鼻先で漂った。

海松色のズボンは苑枝の足首にからまり、ふり払うと、段ボール箱にひっかかった。白いシャツと海松色ズボンの稔は、年齢というものがあいまいに見えた。大人っぽくも子供っぽくもなかったが、歳は幾つだと思うとそれが解らない。まぎれもなく若い男だが、制服でしっかりとある年齢に固定されている時よりは自由に年齢と年齢の隙間で息づいていた。

彼の身体は樹木のにおいがした。オートバイの後部で苑枝がかぎ続けたにおいは、決して山が放つにおいではなかったのだ。稔の白いシャツをぬらしては、瞬間に乾いてゆく汗のにおいだった。苑枝は稔の髪の中へ鼻先を入れながら、ざわめく波の音と一面に発散している樹木の精のにおいがひとつになると思った。波は緑か、樹は青か、青と緑の区別は判断つきにくくなり、ぽろぽろとこぼれて落ちるのは青緑の実だ。

突然身体を突き離され、苑枝は何が起ったのか解らぬまま、自分の不格好な肢体にあわてふためいて、身を起した。稔はと言えば裸体のままかしこまって、両手を膝の間に入れている。ちらりと腰のあたりがのぞいたが、稔は故意にか偶然か両腕でかくしてしまった。ふたりが離れたままではうすみっともなく感じられて、苑枝はそっと稔に近づくと、彼は小声でだいじょうぶだったかなと聞く。苑枝には何を意味してそう聞くのか解らなかった。けれども、うんうんとうなずいた。羽根をむしり取られた鳥に似た稔の姿を見ていたくなかったし、自分自身の丸裸も晒《さら》したくはなかった。

身体を不意に離された理由が解りかねるまま、苑枝はそれを自分に対するさげすみと感じて稔の背に腕を回し、起ったことを忘れようと、鼻先を生暖かな稔のわきの下に差し入れた。稔はもう突き離したりはせずに、力の抜けた指で苑枝を撫ぜていた。このまま眠ってしまえばいいのだと、苑枝は瞼を閉じ、手探りで稔の瞼も閉じさせた。規則正しくなりつつある心音が彼女の耳たぶをくすぐる。頭上でざわざわと鳴る樹の枝は、トタン張りの粗末な屋根を、時折りたたく。稔の心臓は一打ちごとに、羊の数を数えている。


カーブ、カーブとくだって行くオートバイが直線に入る度に、四方からこれが最後とばかりに鳴き続ける蟬の声に包まれた。後部座席にまたがった苑枝は登りの時のように、素直に稔の身体につかまっていられなかった。稔の身体がこれ以上、親しいものになっては困る気がしてならない。昼近い太陽は容赦なく照りつけ、視界をゆがめる。不安定な二人乗りで山をくだる二人の掌がじっとりと汗ばんでいた。苑枝には、耳もとで鳴る風の音の中に昨夜の目覚し時計の音が混じって聞こえた。

眼下に県道と、アスファルトの道路を囲んでうねる水田があらわれる。道は大きなカーブを描き、車体は重心を狂わせて斜めに傾いた。倒れる、と恐しさに苑枝はうっかり左足を地面につけようとつき出し、「足を出すな。ばか。しっかり、つかまれ。」と稔に怒鳴られた。一旦は恐しさのあまり稔の身体にしがみついたが、威圧的な言い草が無性に腹立たしくなった。県道へ出た所で、ここからはバスで駅まで行くと無理矢理に座席から飛び降りた。歩き出した苑枝を稔はしばらく見送っていた。苑枝はやがて背後で走り去るモーターの響きを聞いた。

合宿の間じゅう苑枝はなるべく稔をさけていた。稔の方もしいて苑枝に近づくことはなかった。他の生徒は誰も二人が一日早く来ていたと気づいてはいない。むしろ、初日から来ると言っていた上田秀雄が、二日目に田元まり子と同じバスでやって来たので、そちらの方が目をひいた。鴨川駅前の集合場所で、一本、早い電車で来ていたと言った苑枝に、目玉の大きな一年生が、どうしてですかとたずねたくらいで済んだ。彼は、君の当番は火曜日だと言っても、どうしてですかと返事がかえってくるくらいだから、苑枝の方はまぁねと笑い、後は気にもかけなかった。

帰りの電車の発車までの合い間に、苑枝が缶ジュースをまとめ買いし、車内に戻ると、四人がけのボックスは田元と上田が並んでいる前の座席ふたつしかあいていなかった。他の生徒が二人の前は遠慮したらしいのだが、立っているのも変なので、ジュースをくばり終えた苑枝は、窓ぎわの上田の正面に腰を降ろした。

走り出した電車の窓の外を過ぎて行く景色を眺める上田の左手は、そっと田元の背中に触れている。田元は口許に微笑を浮かべて、こころもち頭を上田の肩のあたりへ傾けていた。苑枝は改めて、田元がわざわざ電話をかけてきたのは、道順を聞く以外の目的があったのではないかと疑ってみた。上田に聞けば良いのにと腹の中で思いながらも、早く切りたくて手短に答えたが、もしかすると、あれは苑枝でなければならない理由があったのか。電話の田元の口調を思い返して探ろうとしたが、出てくるのは自分のひやひやした心持ちばかりだった。並んだ二人を見ていると、その身体がいやなにおいをたてているような気がする。稔の身体が放ったのと同じ樹木のにおいが肌にまといついたまま、それぞれの体温に暖められて酸化してしまったにおいを嗅ぎとった。べとついたにおいだ。

目を閉じて田元の電話の意図を様々に考えてみたが、合理的な理由はみつからない。上田とけんかでもして、電話もかけたくなかったといった、単純な理由かもしれない。誰にでも秘密めいたことがあるように想像してしまう自分が気恥かしくいやらしく、苑枝は額を掌で打ちながら、暑さのために軽い頭痛をもよおしている振りをした。

同じ一本の線路をひとりで反対方向にたどった時から三日しか過ぎていないのに、海の色は鈍り始めている。気温が冷えるより先に、海水は夏の活力を失い鈍い色になる。水を温める力のなくなった光が、おだやかな海面を滑っていた。苑枝は電車が陸地から離れて海に渡る場所を待つ。

山の斜面と畑地の間を抜け、岩ばかりの岸をたどり、トンネルをひとつ越え、ふたつ越えたところで、海にかかる鉄橋にさしかかる。この短いトンネルを越えたらと苑枝は身をのりだした。

とたん、背中ではしゃいで甲高くなった稔の声を聞いた。何を話しているのかは、車輪の響きに遮られて聞き取れなかったが、稔はふだんよりも高い声でよくしゃべっている。出入口に近い山側のボックスに座っていたはずの彼は、知らぬ間に背板を一枚隔てた背後に移動していた。感じるはずのない稔の髪の毛先の感触を、苑枝は後頭部に感じた。床から伝わる車輪の響きが、ひときわ軽くなったと気づいた時には、入江は後方へと遠のき、電車は再び陸地へと戻っていた。段々と続く花畑は、刈り取られたあとに伸びた細い茎に花のついている場所と、秋まきの種のために耕された土地が入り混っていた。

学校の昇降口で図書館司書と出会った苑枝は、今日は当番だろうと言われて、上田君に交替してもらってます、と口から出まかせに答えた。上田には何も言ってなかったが、たぶん田元とならんで図書館の机の上にノートを開いているだろうと勝手に決め込んでいた。毎日暗くなるまで、お雛様みたいにならんで勉強しなくともいいのに、と苑枝などは思う。二人共、教科書を開くと集中できるたちだから、並んでいられるのかしらとも思った。正門へと歩くうちに、ことによると稔がいるかもしれないと、苑枝は裏門から出ることにした。

最近、稔は毎日、待っている。最初の頃は苑枝の顔を見ると稔は嬉しそうな微笑を浮かべた。苑枝は、その顔を見て、ひょっとすると自宅でバイクをみがいている時にも、同じような笑みをもらしているのではあるまいかと考えた。稔の笑みが苑枝を息苦しくさせる。

見慣れていたはずの、刈り込まれた槙の生垣にも実が付いているのを、二学期になって気づいた。槙の丸い緑の実をむしり取りながら、あの晩のことは、と苑枝は思う。ちょうど電車で越えた入江と同じようなものだ。ずいぶん長い間、稔の身体に触れていた気がするが、実際には十一時半過ぎまで、どうしたらよいのか解らずに、食品が投げ込まれた段ボールを背にして二人で、ぽつねんと座っていたのだから、たいして長い時間ではない。行きには眺め見とれるほどの時間があったはずの入江が、帰りにはあっけなく通り過ぎてしまった。苑枝はあの晩は夢だ、寝ぼけていたのだと言われても、信じられる。海に鉄橋など架っているはずはないと言われても、当然だと感じられるのと同じように信じられる。同じ景色は二度と眺めることはできないのかもしれない。無理に出かけて行けば、まるで別なものに出会って、記憶に形作られていた眺めを粉々に砕いてしまうにちがいない。

正面で待っているかもしれないからと回った裏門の門柱に、所在無げに稔は寄りかかっていた。掌に残る槙の実を、ころがしながらしばし眺めた苑枝は、稔の前を黙って通り過ぎる決心をした。キャンプ場も、入江にかかった鉄橋も、現実にあるものなのかどうか判断つきかねるのに、稔だけは苑枝の後から付いて来る。足音をたてない稔の歩き方が、前を行く苑枝には不愉快でならなかった。影か風か、捉えどころのない者につきまとわれている気がした。稔はすっかり言葉少なになっていた。しかし、何か言いたげなのだった。たぶん稔の身体の内にはおびただしい量の言葉が出口を探して駆け巡っている。身内の内にとどまって出口のない言葉は、柔らかく崩れやすく、ちゃんとした形にもなっていない。苑枝が稔の言葉を、身を固くして封じ込めているのかもしれなかった。黙っていられると稔が何を望んでいるのか解らなくなり、彼女は息苦しさばかり覚えた。ひと二人が横になるのがやっとの小屋に、稔によって閉じ込められ、一呼吸するにも彼の分身のようにざわめく樹木に四方八方から監視されている状態に引きずり込まれてはたまらないという思いの方が先に立ってしまう。

走り出したかったが、駆け出したところで稔の足にかなうわけもなく、自分の身体の重さと足の遅さを知るのが嫌さに、辛抱強く歩き続けた。何がしたいのとたずねた時、稔がそんなことがしたいんじゃないんだと声を荒げたのは、数日前だった。苑枝にとって稔の答えはまったくの見当はずれだった。それに、稔がしたくないといっても、たぶん苑枝はちがう。彼女自身がそう感じていた。

歩き疲れて立ち止まると、稔の顔には露骨に怒りが現われていた。おこっていても、稔の目鼻立ちには、もともと微笑に似たものが含まれている。苑枝は自分たちがなぜ鬼ごっこめいた歩行を続けているのか、いぶかしんだ。稔の望みは何だろうか。いっしょに歩いたり、並んで勉強したりしてみたいと思っているようには思えない。案外、卒直で自然な口調でそんなことがしたいのかと聞けば、稔は苦笑しながら、自分の言葉の出口を見つけ出すかもしれなかった。しかし、苑枝の喉からはまともな言葉はひとつも出てこなくなっていた。警戒心ばかりが先に立ち、「好きとか嫌いとか、あたしは一言も言わなかったじゃない。」と気持ちの底に澱んでいた言葉が、開いた唇から飛び出してきた。かすかに唇を動かし、何事か言いかけた稔は、大股で苑枝に近づく。彼の身体からは今にも力があふれ出しそうで、苑枝はあとずさった。かろうじて自分の力を押え込んだ稔は、肩で息をして、苑枝の顔を見詰めていた。苑枝は稔を正視していられなかった。なんだか不当なことをしているとせめられている気がした。不当だとすればどうしたらよいのか、苑枝は聞き返したかった。

「少し歩こう。」

まだ怒りの消え切っていない稔の声だった。さんざん歩き続けて、学校の裏門から小高い山地までさしかかっているのに、「歩こう」と言う表現はおかしく感じられて、苑枝は幾分ほっとした。彼女の歩調に合わせるでもなく、早く進み過ぎるでもなく稔は歩く。登り坂が続いた。道の片側の生垣には、からすうりが熟している。てらてらと光るからすうりの実は、かれかかった茎に重く、今日落ちるか明日落ちるか、落ちる時を待っていた。

足音をたてない稔はただ黙々と坂道を登る。

肩に入っていた力が抜けてみると、まともな話し言葉が身体の中で溶け始める。こわばっていた喉が柔らかくなるが、何かしゃべろうとすると、ゼラチン状になった言葉が喉の奥へと滑り落ちていった。稔の掌の中で、からすうりがひとつ、無残に潰れ、あたりに生ぐさい臭いを放つ。一度、手を汚してしまうと、熟し過ぎた実をもぎ取るのも苦にならないのか、稔は次々とからすうりを取っては、コンクリート舗装の坂道にたたきつけた。炸裂して飛び散った果肉は、稔の形にならない言葉を含んでいるように、苑枝には見えた。むろん、意味は解らない。コンクリートの上のオレンジ色の染みを踏み越えて登る坂道の先へ先へと稔はからすうりを投げる。苑枝の爪先でオレンジ色の染みが、ぬるりとした危うさを彼女の身体に伝えた。

今までに稔が何を言ったかを思い出そうとしても、記憶の底から浮かんでくるのは、あぶくのようにたよりない、とりとめのないものばかりだった。自分のことに夢中で、稔が何を考えているのかなどは二の次だった。苑枝は言葉が欲しい。間の抜けた言葉でもかまわないから、何か話し出せればと、しきりに言葉を探った。もう、あんなことといった曖昧な言葉は使えそうになかった。あんなことは、依然として雲だか霞だか判然としないものを被ってはいる。けれども、白く煙った向う側に、槙の実や波が騒ぎ、稔らしき男がいる。あんなことと口に出しても、二人の間を空気よりも軽く飛び交ったりはしない。

坂道を登りきった場所に立つと、稔が投げ続けてきたからすうりの染みが、帰り道の標のように連なっていた。

「もう、帰ろう。」

自分の作った染みの跡をたどる稔の後姿を眺めながら、苑枝は明日も彼は帰り道にたちふさがっているのかしらと考えた。透明で音を伝えやすい空気に、田で焼く稲わらの煙がただよっていた。煙の色と見えていたものが、坂をくだりきらぬうちに、薄茶色の日暮れに変わった。

意味なくおびえているのだと苑枝は思った。苑枝に巣喰っているおびえはかたくなで身体の芯にうずくまり続けて動こうとしない。彼女は言葉が欲しかった。稔と交す言葉と、自分のおびえの正体を眺めるための言葉。それに記憶を岸にしっかりとつなぎとめて、離さない言葉が欲しい。

（一九八三年四月「群像」）

昔みたい

田中康夫

「あら、珍しいわね、日曜の朝なのに」

下へ降りて行くと、母はロッキングチェアーに坐《すわ》って新聞を読んでいた。多色刷りの日曜版。ボッティチェルリの「ビーナスの誕生」が一面に大きく載っていた。学生の頃、友だちと一緒に参加したヨーロッパ・ツアーで訪れたフィレンツェの美術館で見たことがある。

「典子《のりこ》、いつだって早起きよ」

パジャマの上にカーディガンを羽織っていた。裕一郎からのプレゼントだ。付き合い出して間もなかった一昨年のクリスマスに買ってもらった。

「そうかしら。先週なんて、お昼過ぎだったわよ。それも、私が起こして、ようやっと」

言われてしまった。土曜も仕事のあることの多い私にとっては、日曜は貴重な一日だ。

一週間分の疲れを癒《いや》さなくてはいけない。それで、いつでも、グーグー。「いい加減、起きたらどうなの」母が私の部屋に入ってくるまで眠り続けるのだった。

けれども、今日は九時に目が覚めた。この春に私と結婚をする彼はフィリピンへ出かけていて、だから、デートの予定も入っていないというのにだ。裕一郎はテレビ局の報道記者だった。私よりも二歳年上。

「またマニラだよ、明日から」

電話がかかって来たのは、月曜夜のことだった。翌日の火曜は夕方から二人で食事をする予定になっていた。大手町にオフィスがあるコンサルティング会社で副社長秘書を務める私は、いつでも退社出来るのが午後七時過ぎになってしまう。

ただし毎週火曜だけは、比較的早く仕事を終えることが出来た。ベルギー人とのハーフである、まだ三十代後半の副社長はブリッジ好きなのだ。火曜の夜に麻布台のアメリカン・クラブで開かれるというブリッジの会合に出るために、この日は五時キッカリにオフィスを出る。

「どのくらいの日数になりそう？」

政治の上で大きな変化があったフィリピンへ、裕一郎は一年あまりの間に三回も派遣されていた。そのせいか、報道局の中ではマニラの事情通という評価を受けている。このところ、日本との間に幾つかの事件が相継いで起こっているフィリピンへ、だから今回も彼が行くことになったのだろう。

「どうかなぁ。一応、一週間くらいって話なんだけれど」

前回も最初は四、五日の出張という話だった。それが延長、延長を重ねて、最終的には三週間もの長期滞在になってしまった。今回だって、その可能性は高い。

「明日の朝、早いんでしょ。気をつけて行って来てね」

もう、顔の化粧も落として眠るばかりだった私は、心の中で溜《た》め息をつきながらそう言うと電話を切ったのだった。

「甲賀さんもいないのに、どうしたの？　ジョギングでもするつもり？」

私が休日に早起きしたのは、母にとってそんなにも新鮮な驚きなのだろうか。本当に不思議そうな声を出す。私はダイニングルームのテーブルの上に置いてあった紅茶のポットにお湯を注ぐと、いつも使っているカップを取り出した。

「まさか。だって、こんな格好よ」

今日、着ているパジャマは濃いブルーだった。ターコイズ・ブルーとでも言うのかしら。気に入っている。

「たまには早起きしてみたくなるのよ。ほら、私もだんだん、年を取ってきちゃったからら」

そう言いながらカップに紅茶を淹《い》れた。すると母は、

「あら、失礼しちゃうわね。じゃあ、毎朝、典子よりも早く起きて食事の仕度をしている私は、大年寄りというわけ？」

父はどうやら、ゴルフに出かけて留守みたいだった。三人家族の我が家では、だから今の母の話し相手は私しかいないのだ。私に向かって、ちょっぴり膨《ふく》れっ面《つら》をしたのも、それは本心からではなくて、むしろ話し相手になって欲しいからだろう。

けれども私は私で、一人、自分の部屋で過ごしたかった。それで、カップを手に持つと、

「とんでもございませんわ。いつまでも肌《はだ》がツヤツヤの若奥様よ」

適当に母への誉《ほ》め言葉を述べると、二階へ上がることにした。部屋の机の上には、裕一郎の写真が飾ってある。妻や子供と一緒に撮った写真を会社のデスクに副社長が置いてるのを見ているうちに、自然と小さな写真立てに入れて飾るようになった。

東京とは一時間の時差があるマニラは、まだ朝の八時過ぎだ。明け方近くまでの仕事に疲れて、今頃は仮眠を取っているのだろうか。あるいは、早朝から街に飛び出して、取材を開始しているのだろうか。

昨晩のニュースでは、彼がマニラ市街の一角に立ってレポートしている映像が流れた。画面を通して久し振りに対面した彼は、少し頬《ほお》がこけていたような気がする。そうして、すごく遠く離れた存在になってしまったような気もした。

それは単にフィリピンという日本とは違う国に、仕事で行ってしまっているからというだけではないと思う。ここしばらく直接会っていない婚約者が、衛星中継で送られて来た画像の中に登場して日本中の人々に語りかけている。私は多くの視聴者の中の一人として、その彼の姿を見詰めているしか術《すべ》がない。

いつもは一緒に横に並んで話をしながら歩いている彼一人だけがステージの上で万雷の拍手を受けている。私はと言えば、天井桟敷《さじき》の片隅《かたすみ》で懐《なつ》かしい彼の表情や動作を凝視するのが精一杯だ。

毎朝、私は六時半に起きて、多摩川に程近い自宅から会社へと向かう。ごく普通の、どこにでもあるＯＬのパターン。それでも、八時半から夜の七時過ぎまで、一般的なデスクワークをしている女子社員に比べれば随分と変化に富んだ仕事内容だ。満足もしている。けれども、やっぱりどこか、おとなしい毎日でしかないような焦燥感にかられることはあるのだ。

別に裕一郎と同じように、テレビの画面に登場して、緊迫する情勢の国からレポートを送りたいわけではない。それは私には向かない仕事だ。わかっている。若い女子高生や女子大生のようにキャッキャッ言いながら登場したいわけでも、もちろんない。なのに、昨晩、テレビを見ているうちに、私一人だけが取り残されていくような不安を感じてしまった。

今朝、日曜にしては珍しく早起きしたのは、そのせいだ。彼とのデートもないからといって、昼過ぎに目を擦《こす》りながらノコノコ、母のいるリビングルームへと下りてくるなんて、自ら余計にみじめな気持にさせていくだけだ。たとえ、充分に睡眠を取って、体調は抜群だったとしてもだ。

机の上でニッコリと笑っている裕一郎を眺《なが》めた。一月に取り替えたばかりの写真だ。彼の家の前で撮った写真。タートルネックのセーターに太畝《ふとうね》のコーデュロイパンツ。社会人になって、もう四年目だというのに相変らずカジュアルな格好の方が良く似合う。

ちゃんと食事もしているのかしら。コーラとハンバーガーばかりでお腹《なか》を一杯にしていそうで心配だ。もっとも、実際に現地にいる彼にしてみたら、郷《ごう》に入れば郷に従えで、何ともないのかも知れない。神経も張り詰めているだろうし。

そう考えると、日曜の午前中、せっかく早起きをしたものの、パジャマにカーディガンを引っ掛けたスタイルのまま、一人、部屋の中で彼の写真を見詰めている自分が、ますます、みじめな感じになってきた。

シャワーを浴びようっと。思った。髪の毛も洗って、綺麗《きれい》にブロウするのだ。服も着換えよう。気分が潑溂《はつらつ》としてくるはずだ。午前中一杯の、いい時間つぶしにもなる。

そうして、自分を綺麗に整えることで、食事だけだったとはいえ、婚約者が国内にいない間の昨日、昔の恋人とデートしてしまったことに対する、自分自身の中での言い訳にもなるような気がした。

シャワーを浴びてくるわ、裕一郎。何も知らない写真立ての中の彼に向かってそう伝えると、立ち上がった。


「今日は、あまり遅くなれないわ」

ウェイターが差し出してくれたメニューを手にする前に、勝彦《かつひこ》に話した。

「四時には家へ帰ってないといけないの」

ガス入りのミネラル・ウォーターを、彼も私も食前酒の替わりに頼んでいた。ライムが中に入っている。グリーンの皮が、ところどころ、ざらざらとした感じのベージュ色していた。

「弁護士の人が来るから」

続けて喋《しゃべ》った。と、今まで黙っていた彼が、

「弁護士？」

訝《いぶか》しげな声を出した。

「何で弁護士になんて会うの？」

「えー、土地の問題でね。ほら、私のところは両親とも結構、年を取っているじゃない。だから、徐々に私の名義に変えていかないといけないのよ。それで」

嘘《うそ》をついた。ううん、名儀変更しなくてはという話題が家族の間で出ていたのは本当だ。けれども、今日、四時から弁護士を交えて相談というのは嘘だった。

「じゃあ、早目に食事を済ませなくちゃ」

淡々とした声で、勝彦は応じた。膨れっ面をちょっぴりするんじゃないかと思っていた私にとっては、意外な反応だった。待ち合わせをした時刻は、一時三十分。メニューをまだ決めてないとはいうものの、席に着いてから既に十二、三分は過ぎているはずだ。

一時間ちょっとでフランス料理が食べられるかしら。不安になった。昔、勝彦と付き合っていた頃は、フランス料理のお店へ出かけるといつでも二時間半近くかけて食事を楽しんだ。もちろん、今日は昼食ではあるけれど、でも考えてみたら、前菜に肉か魚を一皿《さら》、そうして、チーズ、デザートというチョイスの仕方は夕食と変わらないのだ。結構、大変。そう思った。

「いつ結婚するの。日日《ひにち》、決った？」

メニューを選び終えると、彼は尋ねた。海老《えび》と海の幸の取り合わせサラダ、仔鳩《こばと》の赤ワイン煮。それが彼のオーダー。私は鮑《あわび》のサラダを前菜に、メインディッシュを仔羊の骨付き肉にした。

「四月の二十六日。日曜日」

「どこで？」

「用賀にある教会なの」

答えた。

「ふうん、それはいい」

スパークリング・ミネラル・ウォーターを一口飲むと、勝彦は誉めてくれた。裕一郎と私が式を挙げるのは、プロテスタントの小さな教会でだった。結婚式は地味な方がいい。二人とも、そう思っていた。

人は誰《だれ》にも知られることなく生まれてきたように、結婚する時も、そしてこの世から去る時も、同じようにひっそりと迎えたい。日本ではなかなか受け入れられないこうした考えを私たちは持っていた。それは、北欧からの輸入家具を扱う会社を経営している勝彦も同じだった。

「披露宴《ひろうえん》なんて、馬鹿《ばか》らしいものね。なんであんなことにお金を使うんだろう」

まだ私が大学生だった頃に付き合っていた彼は、たとえばお茶を飲もうということになってホテルのコーヒーハウスを訪れた際、いかにも結婚披露宴帰りという出《い》で立ちのグループを目にすると、必らずそう言った。

「本当に喜んでくれる人たちだけを集めて、ささやかにティー・パーティをするくらいでいいんだよ」

イギリスやアメリカの雑誌を見ていると、教会の裏庭で結婚のパーティを行なっている写真を見つけることがある。たった今、神の前で永遠の愛を誓い合ったばかりの二人のまわりに、ビスケットと紅茶のカップを持った人たちが集まっているのだ。

私以外にも何人かの女性と並行して付き合っていた彼は、だからこそなのかも知れないけれど、

「そうした結婚式にしたいね」

もちろん、一緒になるつもりなど毛頭ないのに、私の目を見詰めてそう言うのだった。勤め始めて今度の四月で三年目になる。だからそれはもう四年ほど前のことになる。

「ただ、結局、披露宴もやることになってしまったわ」

運ばれて来た前菜を食べるために、フォークとナイフを両手に持ちながら告白した。

「二人とも、教会での式だけで済ませられたらいいなあ、と思っていたの。でも、彼の両親がどうしてもと言い出して」

彼の父親は、国内外のニュースを扱う通信社で取締役を務めていた。長男である裕一郎の結婚には、自分の上司や取引先のトップ連を呼ばなくてはと言い出した。

私の方の両親は、そんなクラスの人たちまで呼んで大層な披露宴などやらなくても、という考えだった。私たち二人も、もちろん反対した。けれども、押し切られてしまった。

「月並みに、都心のホテルでするの。ちょっと恥しいでしょ」

照れ臭そうに喋った。もっとも、本当のことを言えば、そうした形の結婚式にすること

を決めてから一ヵ月半ほど経《た》っていたから、私としてはもう仕方ないやという感じに居直って諦《あきら》めてはいたのだ。だから勝彦が、

「まあ、相手の父親がそういう立場だとね、無理もないってところかな」

そう言ってくれて嬉《うれ》しかった。ホッと肩の荷がおりたような感じになった。

「どんなに二人の間の問題なのだと言ってもね、まだまだ、家と家の結婚なんだよね。だって、結婚式の案内状って、その殆《ほと》んどが何々家と何々家、って具合に記されているでしょ。二人の名まえだけを書いてあるのなんて、まだ、僕、見たことないもの」

話し込んでいるうちに、メインのお皿も終わってチーズとデザートの番になった。チーズの並んだワゴンとデザートの並んだワゴンを押して、ウェイターが近づいてきた。

「食後は、いかがなさいましょう?」

「そうだなあ、どうしよう」

彼がワゴンの方へと目線を向けている隙《すき》に、私は自分の腕時計へと目線を向けた。三時二十分前だ。随分と早いピッチでメニューを消化している。けれども、もしも本当に四時までに私の家へ帰るのだとすれば、三時にはレストランを出なければならない。

二人が食事をしているフレンチ・レストランは、日比谷公園に面した大きな都市ホテルの中二階にあった。私の家は、新宿から神奈川方面に向けて出ている私鉄電車で多摩川を渡ってしばらく行ったところにある。なんだかんだで、どうしても一時間はかかってしま

う。

「チーズと甘い物、両方を頼むのは時間的に無理なんじゃない？」

　気を効かせてくれた。出来ることならば、私としては両方、楽しんでみたい。けれどもそんなことを切り出せば、自分から「今日は遅れても平気なの」と宣言してしまうようなものだ。そうなれば久し振りに出会った昔の恋人と、食事の後の二人だけの時間を過ごしてしまうことにもなるだろう。今日はそれは避けたかった。

「そうね、じゃあ、私はチーズにするわ」

「僕もそうしよう」

　彼はルヴロッションとブリーを頼んだ。私の方はひとつはオーソドックスにカマンベールを、もうひとつはシェーブルを選んだ。ウェイターはチーズを切りながら、

「もし、よろしければ、ケーキか冷たいシャーベット、アイスクリーム、あるいは新鮮な果物もご用意させていただきますが」

　昼間とはいえ、ワインのボトルを開けなかったのはもちろんのこと、食前酒までも飲まずに、しかもチーズの後をミルク・ティーでそそくさと終わりにしてしまう私たちのことが、サービスする側としては残念で仕方ないのだろう。二度ほど繰り返し、そう言ってくれた。

　その味のほどはともかく、少なくともロケーションだけは最高のこのレストランでも、

今日の私たちと同じように食事を早目に済まして帰ってしまうお客が多いのだろうか。ラストオーダー・タイムは、たしか二時と入口に示してあったと思うのに、私たち以外には既にお客は誰もいなくなっていた。

「この後、用事が私にあるものですから、今日はワインも取らずにクイック・ランチをいただいてしまったんですけれども。いつも、お客様は、もうこのくらいの時刻にはいらっしゃらないんですか?」

取り分け、弁解などする必要もないのに、今日は本当に食事だけのデートなんですよということを強調したいがための、なんともいやらしい発言をしてしまった。けれどもチーズをサービスしてくれたウェイターは、別にそんなこと私どもには何の関係もございませんせん、という感じで、顔色ひとつ変えずに、

「そうですねえ。やはり、日本人のお客様はお食べになるのが早いですから」

答えた。考えてみれば、イギリス人やオランダ人はもちろんのことフランス人にしたって、毎日、豪華なフランス料理ばかりを食べているわけでもあるまい。普段は隠元《いんげん》とパンとスープ、なんてことだって、十分有り得るはずだ。

けれどもレストランを訪れた時には、三時間も四時間もかけて会話を楽しみながらゆっくりと食事をする。私たち日本人との大きな違いはそこにある気がする。

「それに昼間はビジネスのお話をなさりながらのお客様が圧倒的ですから。昼休みを利用

してということなのでしょうね。ですから、外国人の方も含めて、お食べになるテンポは早いです」

なるほどね、という感じで勝彦も耳を傾けている。もうひとつ質問をした。

「私たちのような年代のカップルで訪れる人たちって、昼間は少ないんですか？」

すると、セルフレームのメガネをかけた小柄《こがら》な彼は苦笑いしながら、

「まず、昼間はいらっしゃいませんね。物理的に無理なんじゃありませんか。でも、じゃあ、今日みたいな土曜の昼間はどうかというと、意外とこれまた皆無に近いんです。やはり、昼間から二人でゆっくりとフランス料理というのは、まだ抵抗あるのかも知れませんね。一方、ビジネスでの方は月曜から金曜までですから。ファミリーが主体の日曜との間にはさまれて、だから、土曜は暇なことが多いんです」

教えてくれた。大きく頷《うなず》きながら、チラッと目線を腕時計に降ろした。三時を少し回っている。帰らなくてはいけない。話好きらしいウェイターの〝講義〟は、こちらから何か言わない限り、とても終わりそうにない。私は勝彦に目配せをした。

「典子、元気かい？」

受話器を取ると、最初に国際電話特有のツーンという信号音がした。裕一郎からだ。マニラから電話をかけて来てくれたのだ。

「元気よ、もちろん。そちらは、どう?」

嬉しい気持を抑えて、努めて冷静に喋ろうとした。

「あー、元気だよ。蒸し暑いんだ。街は珍しく今日は一日中平静状態だった」

サーッと速い速度で砂が落ちて行く時のような音がする。電波状態が悪いのだろう。それがかえってフィリピンにいる裕一郎からの電話なのだという臨場感を私にもたらした。

昨晩、テレビに映った時には遠く離れてしまった人のような気がして不安だった彼を、顔は見えないけれど今は自分だけの裕一郎として確かめることが出来る。そうしてそれは、一瞬、華やかな舞台の上に私も上ったような錯覚を抱かせた。

今は毎朝、会社へと向かう満員電車の窓越しに見るだけとなってしまったキャンパスで、私は幼稚園から大学までずうっと学んだ。自営業や自由業の親を持つ子供が圧倒的だった。私もその中の一人だった。

大学時代には何人もの男の子と付き合った。といっても自分ではさほどハデだったつもりもないのだけれど、恋多き女だという学内での評判も立った。七歳も年上の勝彦をメインに付き合っていたからだろう。

あの頃は毎日が楽しかった。彼は当時から、自分で興した輸入家具を扱う会社を成功させて羽振りがよかった。もっとも、そうした企業家としての反面、彼には女性的な感覚も兼ね備わっていた。デートをしていても、こちらが望むことを実際、口に出す前に察して対応してくれる。そんなことが出来る男性なんて、むしろ、男としての屑《くず》だと言う人もいるかも知れない。けれども私は大好きだった。

女性の気持が良くわかる彼と一緒にいる時が光り輝いていればいるほど、その分、デートが終わった後にやって来る虚《むな》しさとの間の落差は大きかった。

私のことをすごく愛してくれていた勝彦は、その手のタイプの男性が往々にしてそうであるように、他《ほか》にも何人かの付き合っている女性がいたのだ。いや、別にそのこと自体は嫌《いや》だったわけではない。すんなりと受け入れることが出来た。

ただ、どうしても彼と一緒にいる時間には華やかな気分を味わってしまう。勉強家でもあった彼は、話題が豊富だった。そうして、どこへ行っても顔だった。こうした両面を持った彼を好きになってしまった私は、いつでも一緒にいたいと思った。

それは彼が独身であるのにもかかわらず、最初から無理な話だった。その落差を埋めようとして付き合った私とさほど年の変わらない男の子たちは、皆、物足りなかった。

私は勝彦のことがとってもとっても好きだったのだ。けれども、結婚は無理だろうな、といつの日からか思うようになった。裕一郎は、そう思い始めた時期に登場した真面目《まじめ》な社会人だった。こういう人でいいのだわ、私には。そう自分に言い聞かせて付き合い出した。

一緒にいて華やかな気持にはなれなくとも、でも常に落ち着いた状態でいることは出来る。大学を出て、規則正しい生活の社会人にもなった私は、余計、自分に言い聞かせようとした。裕一郎でいいのだわ、と。

けれどもその気持は、彼が私の近くから離れて海外へ派遣されたりすると、揺らいでしまう。衛星中継の電波に乗ってレポーターとしての彼が画面に登場すると、何故《なぜ》か私一人だけが取り残されているような気持になってくるのだ。他のOLに比べたら、随分と毎日変化に富んだ仕事をさせてもらっているにもかかわらずだ。

もっとも、こうしてフィリピンにいる彼から直接、電話がかかってくると、少し冷静になれる。そうして、少し冷静になった私は、彼が取材で出かけた先からどんなにか素晴しいニュース・レポートをしてこようとも、まだまだ彼は裏方を続けなければならない、私と同じ平凡な毎日を送るサラリーマンでしかないことを確認出来るのだ。

時々、子供の手を引いて街中を歩いている若い母親を見ると、ギクッとする。あまりにもそれを当たり前過ぎる感じで行なっているからだ。裕一郎との結婚を決めた私もまた、徐々にそうしたおとなしい生活になっていくのだろうか。土曜の午後、勝彦と一緒に食事をした時のことを再び思い出した。

平日も、そして、もちろん土曜も、大好きな相手と一緒にゆっくりと昼食を摂《と》れる数少ない人物なのかも知れない彼との食事を終えると、私たちはレストランを出た。と、急に重々しい色合いのカーペットと壁紙が目に入って来た。

フレンチ・レストランの中は、ヌーベル・キュイジーヌ傾向の料理に合わせてなのだろうか、軽快さを与える色調の内装だった。そのせいもあってか、レストランを出た途端、余計に重々しく感じた。そうして、それは昔の恋人との昼食を楽しんだ私に、いつものおとなしい生活に戻《もど》りなさいと示唆《しさ》しているかのようにも思えた。

「今日は、どうも有り難《がと》う。慌《あわただ》しかったけれども、会えて嬉しかったわ」

すると、多分、昔と同じように前もって客室も予約しておいたに違いない彼は、そんなことは曖気《おくび》にも出さず、

「とんでもない、こちらこそ」

そう言いながら、中二階からロビーへと下りる幅の広い階段の一番上の段で、キスを求めた。昼下がりの中二階は、カーペットの色こそロビー・フロアと同じだけれども、歩いていたのは私たち二人だけだった。

レストランが二軒とバーが一軒、並んであるだけの中二階は、土曜午後の、しかも三時過ぎなどという時刻には殆んどの人にとって、そこを歩くことすら思い浮かばない空間なのだろう。ロビー・フロアには、多くの人々が行き交っている。皆、多少なりとも土曜の午後の優雅な時を過ごそうなどと考えて、このホテルを訪れているのかも知れない。

けれども、幸か不幸か、日々のおとなしい生活が足を引っ張っているからなのか、せっかく訪れたというのに、人のやたらと多いロビー・フロアを、それも早足で歩いている。

振り向くと、勝彦の唇《くちびる》に私のを合わせた。それは、ほんの一、二秒の軽いキスだった。私はロビーを見下ろす中二階からの階段でキスをすることで、またいつもと同じ生活に戻ることが出来るような気がしたのだ。

「結婚する前に、もう一度、会えるといいね」

彼は最後にそう言った。私は黙って頷いた。今度、会ったならば抱かれることになるのだろうな。一段一段、ロビーへの階段を下りながら、頭の中でぼんやりと考えた。

「いつ帰って来れそう?」

裕一郎に尋ねた。かなり大きな声で言わないと届かないような気がして、それでいつもの三倍くらいの大きさで叫んだ。すると、

「明日だよ、明日。それを伝えたくて電話したんだ」

彼も元気一杯の声で叫び返して来た。いつかはきっと、再び勝彦に会ってしまうような気がしてならない私は、けれどもやっぱり嬉しかった。裕一郎のこと、好きなのだわ。そう思って受話器を握り締めたまま、押すでもなくプッシュホンのボタンを幾つか、右手の指の腹で撫《な》でていた。

(一九八七年二月「小説新潮」)

暑い道

宮本　輝

　それは、人間の誤った趣味とか定説によって半分腐らせたような肉とは違い、歯ごたえも、血が混じった肉汁も、澄んだうまみを持つ牛の肉だった。

「これが、ほんまのビーフ・ステーキや。なっ？　そうやろ？」

と尾杉源太郎は言って、私をじろっと見やった。私は同意し、尾杉に案内されてやって来た〈山本食堂〉の調理場に目をやり、テーブルとか壁とかをもう一度みつめた。その食堂には、旧式の、氷屋が配達する氷で冷やす冷蔵庫が三つ並び、ひとつには、布で包んだステーキ用の肉塊《にっかい》が、大きな氷の上に載っている。あとの二つには、野菜とバター、卵、それにビールが納められている。尾杉が、店の主人である老婆にサラダを注文した。老婆といっても、ひとりで店をとりしきっているだけあって、声にも張りがあり、背すじは真っすぐ伸び、調理場と店とをしきる黒くて長い暖簾《のれん》を左右にはらう手つきも機敏で、とても七十五歳には見えなかった。

〈山本食堂〉のメニューには、もう何年も前に書かれたのであろう墨文字で、八種の品しかなかった。ヒレ・ステーキ時価、オムレツ五百円、オムライス八百円、サラダ六百円、御飯二百円、お茶づけ四百五十円、酒一合三百円、ビール大壜《おおびん》四百円。

「しかし、時価というのが怖いなァ」

私の忍ばせ声に、大きく手を振り、

「いま食うたのが百五十グラムで四千円ぐらいや。日によって、二、三百円の上下はあるけど、格式ばったフランス料理の店でも、一流ホテルのステーキ・コーナーでも、これだけの肉は出てけえへん。もし、おんなじ肉を出すとしたら、一万円は取りよるで」

と説明し、

「ここでは、絶対に電気冷蔵庫は使わへんのや。どんな物で包んでも、肉をいっぺんでも電気冷蔵庫に入れたら、肉が枯れるっちゅうてな」

尾杉源太郎はそうつけくわえた。此花区《このはな》の、大阪湾に近い工場街から少し駅に寄った商店街に、これほどうまいステーキを食べさせる店があることに驚き、一見《いちげん》の客なら誰もこの店でステーキなど注文しないだろうと思われる質素なたたずまいに驚いたが、尾杉は、さらに私を驚愕《きょうがく》させる話を始めたのだった。場末の商店街に、四人掛けのテーブルが三つと、六人ぐらいが腰を降ろせるカウンターをすえただけの、とてつもなくうまい店があると、しきりに私を誘うだけで、尾杉はきょうまでそれ以外の話を私には語らなかった。

人参と蓮根《れんこん》、それに芽キャベツのサラダを老婆は運んで来、ドレッシングを入れた焼き物の容器を置いた。すったゴマと醬油《しょうゆ》をサラダ油でのばしただけのドレッシングは、野菜と奇妙に調和して、それもまた私を感心させた。

常連客らしい四人連れが店に入ってきて、声高に今夜のナイターの予想を始めた。会話のはしばしに、かなり遠方からタクシーで〈山本食堂〉のステーキを食べに来たことが窺《うかが》えた。店の中はふいに賑《にぎ》やかになり、尾杉はそれまでひそませていた声を少し大きくした。

「さ、つ、きを覚えてるやろ？」

と尾杉は、幼いころから何か訳ありな話を口にする際の癖を見せて訊《き》いた。小学生のときも中学生のときも、高校生になっても、彼は周囲のおとなたちのあいだで巻き起こる事件などを真っ先に小耳に挟んできて、得意気に、しかもいかにも秘密めいた大事件であるかのように私たちを集めたものだった。たとえば、アパートの新しい住人が、親子ではなく、実は夫婦らしいといった類の噂《うわさ》を、尾杉は、自分よりも背の低い私たちをわざと上目遣いでひとわたり見つめ、舌を出すとそれで上唇をしばらく舐《な》め、首を長く突き出して、そっと人差し指を立てるという手順ののちに、口をひらくのである。

私は、尾杉の人差し指を見て、かすかに笑ったあと、わかっているのに、

「さつき？」

と訊き返した。

「自転車屋のさつきや。まさか遠い虚《うつ》ろな思い出やとは言わさんでェ」

「ああ、あのさつきか」

私は、二十数年前の、大阪と尼崎市との境《さかい》を成す神崎川《かんざきがわ》の堤防脇に密集するスラム街を思い浮かべ、神崎新地と呼ばれる遊廓《ゆうかく》で生きる男たち女たちの夜と昼の顔を脳裏に描いた。そこで体を売る女たちは、大阪に幾つもある似たような場所の中で、最も値段が安かった。店は、たいてい一階がお好み焼き屋かホルモン焼き屋で、客は二階で女を買う仕組みになっていた。私たちは、その遊廓から歩いて五分ほどのところに住んでいたのだった。

「俺には、遠い虚ろな思い出やで」

と私は半分笑いながら言って、ビールを飲んだ。尾杉もうっすら笑い、

「さつきと最初にやったのは誰やねん。お前やないか」

と言い返して、芽キャベツを頬張った。

「俺は一番最後やったんや。最初にさつきと寝たのはケンチや。その次がお前、その次がカンちゃん……。みんな、必死でさつきに惚《ほ》れてたから、仲間外れなしに、思いを遂げられて、めでたしめでたしやったな」

そう私は何食わぬ顔で言ったが、さつきがその美しい体を自由にさせたのは、仲間の四人の中では、この自分だけと思い込んでいた時期に記憶を戻して、その当時の仲間への詮索やら牽制《けんせい》やら嫉妬やらを懐しんだ。

「さつきは、ほんまにきれいやったなァ。俺、さつきを見たとき、長いことぽかんと口をあけてたから、ほんまに涎《よだれ》が出たんや。そやけど、涎が出てることにも気がつかんかったもんなァ」

と尾杉は言った。私は、中学二年生の尾杉が、さつきに見惚れて涎を垂らしている顔を想像し、声をあげて笑った。そして、どうして、急にさつきの話なんかを始めたのかを訊いてみた。

「俺もお前も、ケンチもカンちゃんも、あのスラム街から脱け出して、ばらばらになってしもたやろ？　とにかく、あのスラム街に最後まで残ってたのは、俺らの一家だけや。ケンチの親父のはったりにのせられて、役所が払う筈《はず》のない立ち退き料をせしめようと居坐ったのが運の尽きや。そやけど、さつきは、高校二年生のときに、東京へ行ってしまいよった。とんでもない高嶺の花になって、悪い連中の助平な目がひしめいているところに行ってしまいよった。あのあと、俺ら四人とも、腑《ふ》抜《ぬ》けみたいに暑い土手の上を歩いたやろ？　忘れられへんなァ、あのクソ暑い土手の道……」

紙ナプキンで口元を拭《ふ》き、いまはコンピューターのソフト部品を販売する会社の社長として、毎日を忙しく暮らしている尾杉源太郎は、そう言って、しばらく口を閉ざした。

私たちが初めて、さつきを見たのも、遊廓のひしゃげた瓦屋根がS字状に揺れ動く真夏の昼下がりであった。橋の下に太い水道管が走り、川はたった一ヵ月のうちに水量が半減し、浮きあがるメタンガスが川面に黒い波紋を作っていた。中学二年生の私たちは、夏休みに入っても、林間学校すら行けず、自動車の解体屋で午前中アルバイトをしていた。解体屋も土手の下にあり、ひと吹きの風もない、砂なのか鉄錆なのか区別のつかない粗《あら》い土の作業場には、廃車の車体を切断するバーナーの火が、若い私たちの肉体をわずか二時間で息も絶え絶えにさせた。当時、私たちは尾杉源太郎をゲンと呼んでいた。私たちが、別のスラム街の路地を縫って、自分たちの住まいに帰らず、解体屋でのアルバイトが終わると、遠廻りなのに、わざわざ土手の道を選んだのは、顔を合わせれば必ず殴《なぐ》る蹴るのケンカになる隣組の不良グループが、その路地のどこかにたむろしていたからである。どっちから仕掛けるというのではなく、仇敵《きゅうてき》みたいに小学生のころからいがみ合っていた。私たち四人の中で、最初に手を出すのは、ケンチこと石井健一だった。ケンチが相手の誰かを殴ると、すぐにゲンがそれにつづき、次に私が手を出し、最後に、カンちゃんこと神田正直が、何やらわめきながら、頭から突進していくのである。だから、てひどく痛めつけられるのは、いつもカンちゃんだった。目をつむって、がむしゃらに突進するだけなので、相手の狙《ねら》いすました殴打《おうだ》で、頭はこぶだらけになり、腐ったドブ板に叩きつけられてよく鼻血を出した。しかし、私たちの、理由も定かでないケンカにも、ちゃんと暗黙のルールがあった。誰かが血を出すと、お互い自然に勢いを鎮《しず》め、荒い息づかいで睨《にら》み合い、「こんどは半殺しにしたるぞ」とか、「またいつでも相手になったるで」とか言い合って、休戦となるのである。

その日、私たちは土手の端を一列になって歩きながら、工場の煙突から煙が出ていないのを無言で見やった。また一軒の工場がつぶれるのだということは、私たちはすぐにわかった。その煙突のうしろにつづく工場では、ゲンの父親と姉、それにケンチの兄さんが働いていたのである。

「ここは、最低のとこや。日本で一番最低のとこや」

とケンチが言ったとき、うしろで自転車の鈴が鳴った。自転車屋の主人は、荷台にひとりの少女を乗せていた。事情はわからないが、子のない自転車屋夫婦が、遠縁の娘を養女にしたらしいという噂は、もう二ヵ月も前に私たちはゲンから聞いていた。少女は、私たちに背を向ける格好で、荷台に横坐りしていたが、通りすぎる際に首をねじって私たちに顔を向けた。

「ああ、しんど。ここからすぐやさかい、歩いてくれるか」

自転車屋の主人はそう言って自転車を停め、てぬぐいで開衿《かいきん》シャツの衿元や胸の汗を拭くと、声もなく少女に視線を注《そそ》いでいる私たちに、

「きょうから、わしの家で暮らすようになったさつきや。あんたらとおんなじ学年やから、夏休みが済《す》んだら、一緒の中学にかようと思う。まあ、よろしゅう頼むわ」

と紹介した。そのくせ、少女の耳元で、声を殺して早口で言い聞かせた。

「ここいらには、こんな出来の悪いのんがうろうろしとる。適当にあしろうときや」

それは私たち四人の耳に届いたが、私たちは無言で少女を見つめるばかりだった。栗色の髪、どことなく青味がかった目、高くて形のいい鼻、知らない者は誰も中学二年生とは思わないであろう胸の隆起と腰のくびれ……。私たちは生まれて初めて、日本人とアメリカ人との混血の少女を間近に目にしたのだった。

「凄《すご》い汗……」

さつきは、私たちひとりひとりに微笑を配りながら、そう言った。その言い方や表情は、いかにも男あしらいに慣れていることを私たちに感じさせた。私は、さつきを初めて見たとき、背後の工場の煙突も、私鉄の架線も電柱も、土手下の家々のトタン屋根や、その周りの真夏の炎熱でぐったりとひからびている洗濯物が、いっせいに色を喪《うしな》い、空白化して遠ざかっていったのを覚えている。すべては消えてさつきの美貌だけが、暑い土手の道に立ちあがっているかに見えたのだった。

さつきが、白い木綿のワンピースをひるがえして、土手下へとつづく土の道を駆け降りると、私たちは、当惑顔で道に目を落としたり、しかめっ面《つら》で入道雲をあおいだりした。

やがてケンチが、太い眉の根に皺を寄せ、

「プラスチックの連中が、ほっとく筈ないで」

とつぶやいた。プラスチックの連中とは、常日頃のケンカ相手であるグループのことだった。そのグループの親たちの殆《ほとん》どが、川向こうのプラスチック加工工場に勤めていたからである。私たちは土手を走り、別の坂道を下ってカンちゃんの家に行った。ゲンだけが、さつきに関する情報を収集するために、そのまま土手を進み、橋と土手の道とが交差する場所へ向かった。国道とつながる道の脇に、亀谷理髪店があり、土手下のスラム街で生じた事柄ならすべて知らないものはないという口の軽い猫背の主人が、土曜の夜と日曜以外は、退屈を持て余して将棋《しょうぎ》の相手を待っているのである。

三十分で、ゲンはカンちゃんの家の戸を押して入って来ると、

「金と銀を落としてやったのに、二十分もかかれへん。あれだけ下手くそな将棋はないなア」

と言い、あちこちが波打っている畳に四つん這《ば》いになって、さつきの母は自転車屋の主人の妹で、佐世保の米軍基地でアメリカ兵相手の娼婦だったこと、ことしの冬に母親が病気で死に、さつきは親類の家を転々としたが、どこでも厄介《やっかい》な騒ぎの種となるので手に負えなくなり、最も血のつながりの濃い自転車屋の夫婦がしぶしぶ養女にしたのだと報告した。

「騒ぎの種て、何や？」

と私は訊いた。

「そんなこと決まってるやんけ」

ケンチは言って、汗みどろの顔を、カンちゃん一家が飼っている八羽の鶏たちに向けた。ミカン箱で作った風通しの悪い鶏小屋からは、夥《おびただ》しい糞《ふん》の異臭がたちこめていた。

「プラスチックの連中みたいなやつらが、ほっとけへんのや」

ケンチはひどく苛《いら》だった顔で答えた。みんな訳知り顔でうなずいたが、プラスチックの連中どころではない、もっと年長の、私たちでは到底かないっこない男たちが、たちまちさつきの周りに群らがるだろうと、それぞれは予感して怯《おび》えたのであった。

飛び抜けてはなやかな美貌と肉体の奥に、さつきはどこか汚れていないもの、卑《いや》しくないものを持っていた。それまで私たちの住む土手下の地域で〈はきだめの鶴〉と呼ばれていた雑貨屋の娘は、口さがない女房連のひとりに、ナンバーワンの座を奪われた感想を露骨に求められ、小声でこう言い返したという。

「あの子、アメリカ人とのあいのこやろ？　あいのこがきれいのは反則やわ」

私たちは、それを伝え聞き、路地にしゃがみ込んで笑った。ケンチはゲンの背を叩き、ゲンはドブ板を拳《こぶし》で叩き、私は、水など一滴も入っていないドラム缶の防火槽をつかんで笑い合った。なぜ、おかしいのか理解できないカンちゃんは、私たちをぼんやり見てから、かなり遅れて笑いだした。

さつきが来て二週間もたたないうちに、オートバイに乗った高校生たちが、エンジンをふかして自転車屋の周りを行ったり来たりしはじめた。私たちは、解体屋での力仕事の合間に、絶えず、さつきを守らねばならぬと誓い合った。日頃、自分の意見を率先《そっせん》して述べたことのないカンちゃんまでが、遊廓の瓦屋根と対峙《たいじ》して立つ格好で、

「あんなとこに連れ込まれたら、えらいこっちゃ」

と体を固くさせ、まなじりを吊《つ》りあげて声高に言ったものである。

実際、二学期が始まっても、私たちは四六時中、さつきに注意をはらいつづけた。意図的に近寄ってくる上級生や高校生があらわれると、相手がいかに腕力に長《た》けた乱暴者であろうと、私たちは考えつくあらゆる手口で邪魔しつづけた。ときには、さつきにはヤクザの兄貴がいて、妹に手を出すやつは生かしておかないと言い、これまで三人の男が片方の金玉をつぶされたり、前歯を六本もへし折られたりしたなどと噂を流し、ときには、それでも平気でさつきを待ち伏せている別の学校の不良グループに挑《いど》んで半殺しの目にあわされたりもした。けれども、そんな私たちの努力を尻目に、さつきはいろんな男たちとつき合っていた。

中学を卒業すると、私とゲンはなんとか高校に進み、カンちゃんは福島区にある大きな家具店に就職し、夜学の高校にかよった。ケンチも近くの製缶工場に就職したが、やがて

度胸と腕っぷしを見込まれて、ヤクザの組員の使い走りをするようになり、わずか一年で正式な組員になってしまった。そしてそのころから、さつきは高校を無断で休むことが多くなり、夜遅く、はやりの服を着、化粧をしてタクシーで帰ってくるようになった。

土手下のスラム街に空家が目立ち始めた春の終わりの夕暮れ近く、やっとの思いでみつけた蒲鉾《かまぼこ》工場の夜勤の仕事に母が出かけていった。私の父は、製缶工場で作業中にプレス機に左手の指三本を挟まれ、あわや切断かという大怪我を負って入院中だった。五つ歳上《としうえ》の兄は、名古屋の自動車販売会社に就職し、正月にしか帰ってこなかった。私もゲンも、高校に入学したあたりから、人が変わったみたいに勉強にはげむようになった。こんな最低の場所からおさらばするためには、大学に合格するしかない。しかし、授業料の安い国立大学以外は、かりに合格しても入学金を払えない。私もゲンも、必死で受験勉強に邁進《まいしん》していたのである。

私は、とうに頭に入っている筈の英語の熟語をどうしても思い出せず、自分でも不思議なほどの不安に駆《か》られて、爪ばかり嚙《か》んでいた。すると、誰かが戸を叩いた。私はてっきりケンチだと思った。ケンチは、丈の長い背広を着て、しょっちゅう夕暮れ時分に私を訪ねて来ると、千円とか二千円とかの金を無理矢理私のズボンのポケットにねじ込むのだった。それが、幼いころからの仲間に対する彼らしい思いやりではなく、じつは罪ほろぼしなのだということを、私はうすうす察していた。夜遅く、さつきをタクシーで送って来る男のひとりに、ケンチも混じっているのを、私は知っていた。

私は不機嫌な顔をして板戸をあけた。西陽が、さつきの栗色の髪を真っ赤にした。けれども、ちょうどさつきの頬の横あたりに位置する夕陽のせいで、さつきの顔だけが真っ黒に見えた。

「中に入れて」

さつきは命令口調で言い、たたきのところに歩を運ぶと、自分で板戸を慌《あわ》てて閉めた。そして、近々、東京へ行ってしまうのだが、そのことで伯父さんとケンカして、ここへ逃げて来たのだと説明した。

「学校、辞めてしまうのん？」

「私、もう退学になったよ。知らんかったの？」

私もゲンも、受験勉強にいそしんではいたが、決してさつきの動向に無頓着になってしまったわけでなく、それどころか、高校生になっていっそう美しさを増したさつきへの思いは、息苦しいほど膨《ふく》れあがっていたので、さつきが退学処分になったことを知らない筈はないのだった。

「退学？　いつ？」

「きょう……」

さつきが嘘《うそ》をついているのはわかったが、なぜそんな嘘をつくのか判断がつかなかった。さつきは、お別れに来たのだと言い、私の勉強机に両手をついて、

「淫売《いんばい》の娘は、やっぱり淫売や。伯父さん、そう怒鳴って私を殴るのよ」

とつぶやいた。そして、背を向けたまま、私のことを好きだと言った。四人の中で、いつも一番好きだったと。

夕陽が落ちてしまったとき、私とさつきは、畳の上に横たわった。さつきは、私の耳たぶを噛んだ。私は、さつきに言われるままに動いた。目がかすんで、心臓が破れそうになった。あっけなく終わったあと、なお乳房に触れつづける私の頭を、さつきは両手でいつまでも撫《な》でた。夢見心地とは、まさにあのような状態を言うのだと私は思う。私は、自分がきっと幸福になるような気がして、何日もさつきの体の感触の中でさまよった。

六月に入ってすぐに、ゲンが一冊の男性週刊誌を持って駆け込んできた。さつきの水着写真が五ページのグラビアで掲載され、大手の水着メーカーのキャンペーンモデルとして、五千人の中から選ばれたと書かれてあった。そうか、それで東京へ行くのか。私はそう思ったが、ゲンには黙っていた。

「来年のポスター用の撮影で、いま、ハワイにいてるらしいで」

ゲンは言って、

「撮影が終わったら、いっぺんここへ帰って来て、それから東京へ行ってしまうそうや」

とつけくわえた。ケンチがそのままにしておく筈がない。ケンチは、さつきが東京へ行こうがどこへ行こうがしつこくつきまとうだろう。ゲンは何度も舌打ちをして、そう言った。

「とにかく、あいつはもう本物のヤクザや。子分が八人もおるし、財布なんか一万円札で膨れてるわ。そやけど、さつきはケンチを嫌いなんや」

ゲンがそう断言して、首をうなだれた瞬間、私はなぜか、ゲンにも、私と同じ夢見心地の時間があったのではなかろうかと考えた。だが、私は心の中でそれを否定し、窓から見える遊廓のくすんだ居並びを指差して、

「あそこに行くより、はるかにましや。俺、さつきが、いつかあそこに行ってしまうような気がしとったんや」

と言った。

さつきは、八月の半ばに東京へ行った。その翌日、ケンチが、丈の長い背広を肩に掛け、カンちゃんの肘《ひじ》をつかんで、私の家にやって来ると、恐ろしい目つきで、ゲンを呼んでこいと命じた。カンちゃんは、仕事中に無理矢理ひきずってこられた様子で、家具店の制服を着て、

「俺、仕事があるねん。早《は》よ店に帰らんとあかんねん」

と何度もケンチに哀願したが、ケンチは許さず、私がゲンを連れてくると、無言で土手

のほうに顎をしゃくった。土手では、車に轢《ひ》かれた猫の死骸がぺしゃんこになっていて、そこに群らがる銀蠅《ぎんばえ》の羽音以外、物音はなかった。炎暑は、スラム街や遊廓の人間の気配を圧《お》しつぶしていた。ケンチは言った。

「この中に、さつきに手ェ出したやつがおるやろ。中学生のときの誓いを忘れたんか。絶対、この中に、さつきと寝たやつがおるんや。裏切り者がおるんや」

逃げようとしたカンちゃんの頭を、ケンチは二回平手で叩いた。私は、土手の両脇に密生している雑草をひきちぎり、裏切り者はお前ではないかとケンチに詰め寄った。夜遅く、お前がさつきをタクシーで送って帰ってくるのを何度も見ているのだと。

「俺は、キタの盛り場で、ひょうたん面《づら》した男にかしずかれてるさつきを守ってたんや。そんな連中の中には、ヤクザよりもっとたちの悪いやつが、おとなしそうな顔をして狙《ねろ》とるんや。うまいこと騙《だま》されて、一発シャブでもうたれてみィ、さつきの人生、それで終わりや」

私たちは、ケンチが言い終わったあと、とても長い時間、日盛りの土手の道に無言で立ちつくしていた。やがて、ケンチは穏やかな声で提案した。川べりに放置されている化学薬品の壜を指差し、

「恨《うら》みっこなしにしようやないか。みんな、ひとりずつ、あの壜のところへ行って、さつきと寝たやつは、十円玉を中に入れる。そのあいだ、他の者は背中を向けて目をつむっと

く。どうや？」

最初はゲン、ゲンの次はカンちゃん、その次はお前と、ケンチは私を睨み、最後は自分だと言った。

「それやったら、この中でさっきと寝たやつがおるのかおらんのかがはっきりするだけで、誰が寝たのかはわからん。それでよしとしょうやないか」

光をさえぎるために周りにコールタールを塗った化学薬品用の壜に、私が十円玉を入れたのは、友情によるものではない。仲間の中に、あのとろけるように美しいさつきの裸体に包まれたやつがいるということを示しておきたかったのである。それは私だ。しかし、私であることはわからないのだから。

最後にケンチが戻ってくると、私たちは再び雑草をかきわけて壜のところに降りて行った。ケンチが両手で壜を持ちあげ、さかさまにして振った。泥水と一緒に、十円玉が三つ転がり出た。私たちは、また長いこと顔を見合わせた。突然、ケンチが泥にまみれて転がっている三つの十円玉を川めがけて蹴りつけ、焦点の定まらない目で土手の道に登り、どこへ行くともなく上流のほうへ歩きだした。私もゲンもカンちゃんも、ケンチのあとを追った。

「どこ行くねん？」

とゲンが訊いた。ケンチは私たちに向けて石を投げ、

「こんなクソ暑いときに、お前らとつきおうてられるか。駅前でかき氷でも食うんや」

と叫んだ。

「暑いのは、お前だけとは違うやろ。親分、あっしどもにも、奢《おご》ってくだせえ」

ゲンがそう言ったとき、カンちゃんが泣きだしたのである。悲痛な泣き声であった。カンちゃんは土手の道にしゃがみ込み、作業衣の袖《そで》で何度も涙をぬぐった。ケンチは顔をしかめて引き返して来ると、

「なんや、お前だけ、さつきの施《ほどこ》しを受けられへんかったんか」

と怒鳴った。カンちゃんは泣きながら、首を横に振り、さつきが好きだったのは、この俺だとばかり思っていた。さつきは、あのとき確かに俺にそう言ったのだと声を震わせ、また泣いた。ケンチは、

「聞いたか、こいつ俺らを裏切りよったぞ。十円玉を入れよれへんかった」

とふいに金切り声をあげ、カンちゃんの頭を叩こうとしたが、その手で自分の髪をかきむしって空を見上げた。

私たちは、汗を拭き拭き、カンちゃんが泣きやむのを待ち、それから一列になって駅前への長い土手の道を歩いたのである。

〈山本食堂〉は、私たちと常連の四人連れに加えて、あらたに三人の客が増えた。尾杉源

太郎は、ここのオムレツはうまいのだと勧め、

「俺が大学を卒業したころは、さつきはもうぼろぼろになっとった。就職してすぐに、俺は東京勤務になったから、俺は意を決して、さつきの所属するプロダクションに行ったんや。そやけど、さつきはそのプロダクションから、もっと小さなプロダクションに移ってた。そのプロダクションの社長に金を出してたのが、なんとケンチの組の親分や。写真家に惚れて遊ばれたあげく別れたり、テレビ局のプロデューサーの女になったりしながら、ときどきケンチと逢《お》うてたみたいや。そうしてるうちに、ケンチは刑務所行きや。ところがなァ、さつきのことが気になって、陰からずっと見とったのは俺だけやあらへん。カンちゃんもや。さつきが、酒と薬で見る影もなくなって、あげくは誰の子かわからん子を堕《おろ》したころ、カンちゃんが、さつきを訪ねて行きよった。五年前のことや。カンちゃんは、定時制の高校を卒業したあと、家具屋を辞めて、松阪で牛を飼《こ》うてる親戚の仕事を手伝うてるうちに、息子に先立たれたこの〈山本食堂〉の婆さんに見込まれて、養子になりよった」

私は、ビールをつぎかけた手を停め、尾杉の野太い顔を見やった。尾杉は食堂の調理場でステーキを焼いている年老いた女主人に視線を移し、

「そうやねん。あの婆さんは、いまはカンちゃんの戸籍上の母親や。カンちゃんは松阪で牛を育てて、ええ肉を、この店に安う仕入れさす」

「さつきとのことは、どうなったんや」

と私は訊いた。

「俺が結婚したあくる年やから、三年前や。三年前に、とうとうカンちゃんが自分の女房にしてしまいよった。いまは松阪で、カンちゃんと肉牛を育てて、元気に暮らしとる。この店は、水曜日が休みなんや。そやから火曜日の夜、カンちゃんとさつきの夫婦が、ひとり暮らしの義理の母親のために、松阪から車でここに泊まりに来よる」

いまは、少しおでぶちゃんになったが、健康を取り戻したさつきは、相変わらず美しい。尾杉はそう言って、年老いた女主人に勘定《かんじょう》を頼んだ。私たちは〈山本食堂〉を出、店の近くの駐車場に行くと、尾杉の車に乗った。尾杉は車をゆっくりと〈山本食堂〉の前に停めた。

「ケンチが撃った相手は死んだんか？」

と私は訊いた。死ななかったが、ひとりでは歩けない体になったらしいと尾杉は言い、

「あと二年ほどで刑務所から出て来るやろ」

そうつぶやきながら、腕時計を見た。

「ケンチはしつこいからなァ」

私が溜息まじりにひとりごちると、尾杉は、

「俺とお前とで、刑務所に面会に行って、カンちゃんとさつきとのことを納得させようや

ないか。あいつは、きっと喜ぶような気がするんや」

私もそんな気がした。

「さつきは、なんで、俺ら四人と寝たんやろ」

私は、なぜかほころんでいく顔を両手でこすり、そうつぶやいた。それに対する尾杉の返答はなかった。私は、二番目の子をもうじき出産する妻の顔を思い浮かべ、

「おい、ゲン。高校二年生のときに、さつきに女の体を教えてもろた感想はどんなもんやった？」

と訊いた。尾杉は、腕時計の針を人差し指でつつき、そろそろカンちゃんとさつきが来る時間だと教え、お互い、その件に関しては、老後の思い出話にとっておこう、と言って笑った。

（一九八七年夏号「別冊文藝春秋」）

神河内《かみこうち》

北　杜夫

昭和二十年七月二十四日の夜、私は、松本で父の関係からさまざまな世話を受けた与曾井さんの御子息豊君と、島々宿《しましまじゅく》の薄汚ない宿屋の一室に泊った。その頃はもちろん上高地まで行くバスもなかったからだ。六畳くらいの部屋で、畳も垢《あか》じみた貧相な一室である。やがて松本へ帰る島々線の終電車が発ってゆく音が聞えた。

豊君はまもなく寝入った様子であった。しかし、私はなかなか寝つかれなかった。床の間の壁のうしろで鼠がしきりに走りまわる音が聞える。だがそういう雑音よりも、私を夜半過ぎまで寝つかせなかったのは、いよいよおし迫ってきた戦局、その本土決戦で自分も死ぬにちがいないこと、そういう青春期の過度で極端なまでの感傷からであった。

その年、四月に動員されていた工場が焼けた。同じく五月二十五日の東京最後の大空襲によって、私の家も隣接する病院も全焼した。私は松本高等学校に合格していたが、入学は四月でなく八月一日とされていた。軍需工場に働く学徒を移動させると生産力が弱まると考えられていたからである。私はそのままで行けば、暁部隊という陸軍の工作隊に動員され、千葉で敵の本土上陸に具《そな》える陣地を作らされることになっていた。

私はいずれ自分が死ぬことを怖れてはいなかった。しかし、憧れの白線帽をかぶり、中学とはおのずから別世界であろうせっかく入学できた松本高校に、一刻《いっとき》でもあれ入ってみたかった。私の叔父はかつての松高生で、当時は出征していて日本にいなかったが、その残されたアルバムを見ると、私の松本に対する憧れはいやがうえにもかきたてられて行った。残雪の残る峨々《がが》とした高山や一面のお花畠を背景に、いかにも颯爽《さっそう》とした黒マントを羽織った松高生の写真、それはまだ箱根くらいまでしか旅をしたことのない私にとって、さながら別天地のように思われた。それに加えて、当時私は昆虫マニアであり、信州には特産の珍種が沢山いた。そんなことで昨年も中学四修から私は松本高校を受験したが落第してしまった。しかし今は、まだ中学の動員に縛られているものの、現実的には松高生のはずである。

合格した上級学校から来てもよいと通知があった者だけがそちらの動員先へ行ってよいということになっていた。それで思いきって仲間が三、四人集まって、その証明書を偽造することにした。謄写版《とうしゃばん》でいい加減な文句を刷り、上級学校の印形らしきものは手描きにした。生徒はすべて工場動員に行っていて、事務員が二人ほど残っているがらんとした中学校へ行って恐る恐るその通知状らしきものを出すと、意外に簡単に受理された。そのようにして、私は六月中旬、その頃の超満員の列車に窓から乗りこんで、憧れの松本高校の寮にもぐりこむことができたのである。寮には工場動員へ行けぬ半病人と、落第生と、浪人からその年合格した者が三十余名暮していた。二、三時間の授業があり、あとは校庭を畠にする作業と、防空壕掘りが日課であった。横手の松本商業には軍隊が駐屯していて、ロケット・エンジンの実験をやっており、ときおり轟音《ごうおん》と共に白煙と黒煙が濛々《もうもう》と立昇った。それでも、一望千里瓦礫《がれき》だらけの焼跡のつづく東京を逃れてきた身にとっては、信州の大気はあくまで清澄で、おおらかな山脈に囲まれたその城下町はまだまだ平和なものだった。夜、稀に新潟の港に機雷を投下しにゆくB29が頭上を過《よぎ》り警報が発せられることはあったが。また寮生に召集令状がきたが、その男はアルプスに登っていて何時《いつ》戻ってくるかわからず、騒ぎになったということもあった。

もっとも、私はその寮に長くはいられなかった。食糧事情から一時寮が閉鎖になり、七月の初め、私は山形県の金瓶《かなかめ》村に疎開していた父のもとへ行った。焼けだされた母と妹もその家に厄介になっていた。農家であるから、毎食、当時は滅多にお目にかかれない白米の飯である。しかし一面気弱なところのある父は私まで世話になるという気がねから、三杯以上は決して食べるなと厳命した。白米の飯はつるりと喉を通ってしまう。おかずはインゲンなどの野菜だけである。今の世なら御飯を三杯も食べれば満足したであろうに、寮で雑炊しか食べられなかった私はなおかつ空腹であった。「居候三杯目にはそっと出し」という川柳はなるほど名作だなと、そのときは露ほどのユーモア感覚もなく思ったものだ。

山形にいたのは十日足らずに過ぎなかった。七月十三日に東京で軍隊の点呼を受けるため上京し、親類の家に世話になり、二十日に松本へ帰った。そして八月一日の入学式――校庭で訓辞を受け、そのまま大町の軍需工場へ直行するだけだったが――の前に、一日憧れていた上高地を訪れようと、与曾井さんの世話で、私は豊君と島々宿の貧相な宿に泊ることになったのである。当時は宿泊するにしても米を持参しなければならなかったが、そういうこともすべて与曾井さんが手配してくれた。

狭い部屋はとうに灯りを消され、文字どおりの暗黒である。梓川《あずさ》の流れの音がかすかに響いてき、それよりも床の間の壁で鼠がカサコソいう音が間断なく伝わってきて、長いあいだ私は眠りにつくことができなかった。

そのときの私の心境をいえば、今の世で人が聞けば可笑しくなるにちがいないほど感傷的であった。ちょうどおそまきの精神的思春期に達していた年齢、いよいよ切迫してきた戦局、私はいま戦いに関係ない信州の一隅にいるが、いよいよ敵の本土上陸が始まるとすれば、私は歩いてでも戦場まで行き、タコ壺の壕にもぐって地雷と共に敵の戦車一台を道づれにしてやろうと本気で考えていた。

もう一つ、そうした感傷を助長させたのは、父に対する考え方の変化である。父は雷親父で、幼い頃からその激怒の凄じさに、こんな父を持って損をしたと考えることのほうが多かった。昆虫採集などよい趣味だと思うのだが、それさえも禁じ、学校の勉強だけをしろと叱った。世間では偉い人だと言われているようだが、私は父の短歌を読んだこともなかったし、どこが偉いのか露ほどもわからなかった。また私の小さい頃から父は母と別居しており、世田谷の本院に暮している母のところに遊びにゆくと彼女は優しく、どういう事情で離れて暮しているのかは不明だったが、とにかく母を追いだしたらしい父に私は恨みがましい気持さえ抱いていた。

それが家が焼け、親類の家にしばらく世話になったとき、そこに父の歌集「寒雲」があった。私はそれを読み、それまでどちらかというと理科少年であったのに、その歌の幾何《いくばく》かにいたく感動した。松本へ行くときその歌集を貰って行き、ずっと読んでいた。そのうち、苦労をして「赤光《しやつこう》」「あらたま」からの自選歌集「朝の蛍」を入手した。これらの初期の歌は、ずっと圧倒的な感動を私に引起した。青年期の感傷的、抒情的な歌どもであり、更に私の記憶に懐しい青山墓地や私がそこで育って嫌だった狂院のことなどが詠みこまれていたからでもあろう。私は暗記するまでそれらの歌を繰返し読み、私自身のとりとめない、だが切迫した感傷にひたった。そして、むかしから単にこわいと思っていた父は、突如として茂吉という崇拝するに足る歌人の姿として、私の内部で変貌したのである。あの頃の私の異常ともいえる感傷癖は、やはり死が身近に迫っていることからもたらされたものもあったかも知れない。父の歌の中でも、とにかく「さびし」くて「悲し」ければ私の嗜好にぴったりするのであった。それにしても、中学末期の工場時代に、やはり甘美な藤村や白秋の詩をようやくにして読みだしていた私は、霹靂《へきれき》ともいえる唐突な文学開眼から、自分でも幼稚な短歌を作りだしていたのである。

私はなお寝つかれず、灯をつけて小さな手帳に何首かの歌を書きつけた。

梓川の水音《みなと》聞きつつ垢じみし畳のうへに黙《もだ》してゐたり
終電車の出で行く音を聞きながら目ざめてゐたりくらやみの中
闇なればはかなきもののせまりきて寝《い》ねがてなくにまなこをつぶる

そのあと、私は手帳をしまい灯を消し、いつしか眠りついたらしい。

翌日は朝五時に宿を発った。

戦争中のこととて登山客は滅多になく、徳本峠《とくごう》への道は荒れはてて通れるかどうかわからぬと宿の者に聞いたからである。そうとなればより遠いバス道路を九里歩かねばならぬ。どのくらいかかるかわからぬので早々と宿を出発したのだ。

さすがに冷え冷えとした早朝の大気であった。道はときに高い崖となって梓川を見おろし、また川のすぐそばを通ることもあった。川は或るときは真白に泡だった激流となり、と思うと停滞して淵となって淀んでいたりした。私たちはほとんど口もきかず、ひたすら道を急いだ。道はさしたる坂でもなかったから、四里をほぼ二時間で歩いた。

ようやく日ざしが強くなってきた。快晴のようである。道の川と反対側は崖となっており、際だったその岩の肌に紅い百合が群がって咲いている箇所もあった。道が落葉松《からまつ》の林中にはいって、木立から山地特有のエゾハルゼミの奇調といってよい鳴声が響いてきたりもした。また自然と道が河原に降りて行って、そこに鷹《たか》が一羽低く舞いおり、その辺りにひとしきり狭霧《さぎり》がひしめいて動くこともあった。

蝶などは多くなかったが、それでもコムラサキ、テングチョウ、クジャクチョウ、コヒオドシなどの山地産の鱗翅《りんし》のきらめきが、路上に空中に舞っているのに行きあった。私は戦災に会っていたけれど、前もって東京郊外の親類の家に小型の捕虫網、三角罐《かん》などを疎開しておいたし、家が焼けるとき毒管の数本を庭の隅に積まれた砂利の中に埋めて助けていて、そのときもそれらを所持していた。いずれにせよマニアというものは度外れたものである。私は彼女らに出会うたびに網をふり、ときには獲物を追って数メートルを走って逆行したりした。そのため先へ行く豊君は多少迷惑そうな顔をしながら、立止って私の追いつくのを待っていた。しかし、こうした昆虫を採集するとき、私の意識からは昨夜の感傷、それこそ行方もわからぬ生死の観念などはまったく去っていたのである。

ともあれ、目に触れた中でも特色のある虫だけを少数捕えただけで、私はひたすら歩いた。白骨《しらほね》温泉への別れ道のある箇所までは島々から五里ほどであったろうか、さすがにその頃から疲労を覚えだした。山吹トンネルを通り、雲間の滝を過ぎたのは十一時半前だったが、河原におりて弁当を食べた。梓川の清らかな水は逆まきながら素早く流れていた。正直を言ってそのまま河原に寝そべりたかったが、そうもならない。

それよりも足のかかとが痛くて堪らなかった。家に火が迫ったとき、私は逃げるときに新品同様の兄の登山靴を持ちだし、防空壕の中へ投げこんでおいた。私はこの山行に、その焼け残った登山靴を初めて履いたのだったが、サイズが大きすぎたためと、当時の薄っぺらなスフの靴下のために、靴を脱いでみると、足の皮がべっとりと赤むけになっていた。それから、リュックザックに入れておいた地下足袋にはきかえたが、それでも痛痒《つうよう》は去らなかった。

坂巻の辺りに来て、スジボソヤマキチョウが路傍に多かったが、すでに追いかける気力もなくなった。道中、しきりに喉が乾いたが、道にむかって崖から奔《はし》る小さな水流がところどころにあり、そのたびに氷のように冷たい水を飲むことができた。中の湯の近くの梓川は真白に泡立ち、奔流し、凄じいほどの眺めとなっていた。その激流を見ると、いかにも山深くはいってきた感じで、やがて現われるであろう上高地のこの世ならぬ景観が改めて想像されてくるのだった。

すぐに、長い釜《かま》トンネルにかかる。灯一つない暗黒のトンネルを少し歩いたが、途中落石らしい石がごろごろしているので危険を感じ、いったん外の崖にすがってまわり、途中の窓からトンネルにはいって、ようやくのことでまた明るい世界に戻ることができた。

これまでの道中にも、数ヵ所崖崩れの箇所があり、落石を人夫が片づけていた。

痛む足を引きずるようにして、一つの高い崖を右方にまわると、だしぬけに眼前が展けた。そして、写真でだけ見知っている茶褐色の岩だらけの焼岳が現われ、その横手に残雪も斑《まだ》らの穂高連峰が予想を越えて美々しく続いているのが目に映ってきた。そのときの感動を何と現わしたらよいものだろう。微妙に残雪と岩場が交錯するその山容は、およそこの世ならぬものとして私の目に映じた。日本の風景でないように思えた。たとえば、その日私はイツモンヒラタコメツキという甲虫を捕えたが、その華麗な熱帯的な色彩はとても内地産のものとは感じられなかった。それと同様、上高地の景観は前記の甲虫と比べると北方系のうす青い色彩をたたえて、内地の山とは思えぬほど峨々として、清浄に、雄勁《ゆうけい》にまた優美に立ちはだかっていたのだ。

すべてが一種ふしぎな浄らかな大気の中に静まっていた。横手になった大正池は淀んで水流の音も途絶え、ただウグイスや二、三の小鳥と、エゾハルゼミの鳴声が聞えてきた。

私は身の疲れ、足の痛みも忘れた。そのときの感動は、むしろこのうえなしの虚脱感に近かったかも知れない。やがて本土決戦も行われるであろう戦局下のはずなのに、ここには戦いのかげすらまったくなかった。平和――そんな言葉さえ私は忘れかけていたのだが――これが罪深いまでの平和というものであるらしかった。或いはお伽話《とぎばなし》の世界、ふと訪れた幻覚なのかも知れなかった。

それでも、いつまでも私一人の幻想にひたっているわけにもいかなかった。

当時、上高地では温泉旅館がただ一軒開いていると聞いてきた。そこまでまだかなり歩かねばなるまい。

私たちは比較的広い小砂利まじりの道を、昔の帝国ホテルのほうへ辿った。道の両側は大きなクマザサにおおわれ、そこにクロヤマアリと思われる羽蟻《はあり》が沢山たかっていた。クマザサの背後はどこまでも続く落葉松の森林である。信州にきてからなじみとなったこの樹木は、その梢越しに見える山脈とこよなく調和していた。

やがて私たちは左手の小径を辿り、梓川を渡って、ようやく目ざす温泉旅館に到着した。もちろん泊り客は皆無といってよく、ただ一人、岡山の六高の一年生に廊下で出会った。彼の話では、六高は学校も寮も焼けてしまい、八月一杯の休暇になったという。本来ならその年の新入生は八月一日から工場へ行くはずだったが、おそらくその工場も焼けてしまったのであろう。私の同級生に六高に入学した者が一人いて、彼の運命がちょっと気になったが、そのときの私は他人と長いこと口をきく心境になれなかった。その六高生は、翌日には帰ってしまったらしく、そのあとの上高地滞在中に二度と顔を合せることはなかった。

私たちは一室をあてがわれ、まず風呂へ行った。足の皮のむけたところが痛くてかなわなかったものの、その熱い澄明泉は全身に沁みこむように快かった。

夕食には岩魚《いわな》の塩焼きが出た。初めて食べるその淡水魚は殊のほか美味に感じられた。戻ってきた松高の寮でも相変らず雑炊ばかりで、動物性蛋白質などはおよそ見当らなかったのである。私は戦争と関係のないスイスかどこかの別天地に来ていて、珍味の魚を食べ、これも滅多に味わえぬ特別な米――与曾井さんの好意で持参したものであったが――の飯を食べているのだ、とたとえてもよかった。

その夜、私は自宅が焼けた頃からずっと頭の片隅につきまとっていた一億玉砕の念からも離れ、子供に帰った気持で採集した昆虫をざっと調べた。オニクワガタが一頭あった。これは上高地に着いてすぐ、朽ちた大木の幹を這っているところを捕えたものであった。オニクワガタも山地性の甲虫でこれまでに採ったことがない種類である。私はおそらく心底から満足して寝についたらしい。

翌日の暁方、雨がかなり降ったらしく、川の音と別に軒に当る水音が聞えた。それでも朝食をとっているうちに雨は上ってゆき、穂高と向いあった方角の六百山、霞沢岳にかかっている雲は横へ横へと移動してゆき、上空も時と共に晴れてくるようであった。セキレイ、キセキレイが多く、宿の軒を、河原をひょいひょいと飛んで遊んでいる。
ちょっと河原まで出てみると、梓川の澄明な水は、相変らずどこまでも速くやるせないほど高い音を立てて流れている。手を入れてみると氷のように冷たく、どんなに我慢しても一分以上手をつけていられなかった。河原に横たわった白樺《しらかば》があったので、その白い皮をはいでポケットにしまった。それは痛々しいまでに白く、どうしても私はそういう少女っぽい行為をせざるを得なかったのである。

昼食を済まして、豊君と明神《みょうじん》池まで行ってみることにした。河童《かっぱ》橋まではクマザサと白樺の間の快い平坦な道である。白樺の林を現実に散策してゆくと、平時とはおよそ異なるせつないまでの幸福感が訪れてきた。道は梓川から離れるかと思うと、またそのすぐ横手に出る。川はところにより底の砂地がよく見えるほど淵となって停滞していたり、また或るところでは溶けこむような緑色をおびていたりした。

普通に明神池へ行く道は橋が流されていると聞いたので、川の左岸を辿《たど》って行った。道はまもなく何百年という樹齢を持つ森林の中に私たちを導いた。路傍の腐植土はじっとりと湿って、周囲の古木は一面に苔むし、梢は日の光をさえぎって冷気を漂わせていた。その辺りの白樺は老いた太い樹ばかりで、幹は傷み、裂け、白色の樹皮も灰色に或いは黒に近い色になっている。その中を細い渓流が何本も流れ、せわしげな音と浄らかな飛沫をあげていた。そのような道を辿ってゆくうち、開けた草地に出たが、足を踏み入れてみるとずぶずぶとした湿原で、並べてある丸太の上を辛うじて渡らねばならなかった。ようやく梓川が見えるところに出たが、明神池の方角がわからなくなって引返した。

その夕方、私は一人で宿近くの落葉松林の中の細道を足のむくままにほっつき、細い梓川の支流が音を立てている箇所にくると、そのわきにしゃがみこんで水の流れを見つめ、三十分も沈思してからまた歩を運んだ。するとまた、細道はあくまで澄明な渓流に出会うのであった。そんなひそかな歩みをつづけていると、私の心は上高地にきた歓びよりも、島々宿の宿の暗黒の中で覚えたような言いようのない孤独感、泣きたくなるような感傷に浸されてくるのだった。

私は小さな手帳を開き、また稚拙な短歌を幾つか書きつけた。

一人きてただ眺め入る川水は悲しきまでに速く流るる
現身《うつせみ》のわれの眺める川水は悲しきまでに透きとほりゐる
梓川の音のみ高くこの峡《はざま》は恐ろしきまで静まりにけり

このときの私にとっては、「悲し」という直接的な表現がどうしてもぴったりしたのであった。少しの誇張もなかった。

翌日、豊君と西穂高に登った。登り口から朝露を含んだ雑草が生い茂り、膝《ひざ》までびっしよりとゲートルを巻いたズボンが濡れた。雑草の中にはアザミが多く、ズボンを通してその棘《とげ》が肌を刺した。すぐに細い道は急坂になり、周囲は湿った原生林がどこまでも続く。小径の上に倒れたツガの大木をまたいだり、渓流を二つ越えた。一時間半ほど登った谷間に残雪があったので、掘りとって少し食べてみた。歯に沁みるようであった。小径はくねくねと折れ、かつ倒れ木が多く難儀をした。それでも二時間ほどで西穂山荘のある尾根に出た。残雪があちこちに表面は薄汚れて拡がっていて、下部のほうから溶けて水となって草の斜面を流れていた。その辺一帯は高山の花畠になるのであろうが、季節が早いのかまだ花々は少なく、ただシナノキンバイのふくよかな花弁が印象的であった。

西穂山荘はもちろん閉ざされている。その右手からすぐ這松地帯となり、更に峨々とした岩場に通じている。左手の笠ヶ岳の景観が素晴しい。

しばらく這松《はいまつ》の中を辿ってゆくと、やがて岩だけの稜線に突き当った。豊君と私はしばらく相談した。私が松本高校を志望したのは前に述べたように半ば昆虫が目的であり、危険な登山をやるつもりはなかった。しかし、せっかくここまで来たのだからと二人の意見が一致し、そこにザックをおろしておいて、両手に岩角を摑みながら岩峰を攀《よ》じはじめた。

幾つかの小さな峰を這うようにして越えると、いちばん高いと思われる岩場に到着した。古ぼけた小さな模型のような神社があり、木の棒が立っていた。私たちは頂上まで行ったと思っていたが、下山して訊くと、山頂はまだそこから先に行ったところだ、とのことであった。

ともあれ、私たちは突兀《とっこつ》とした岩だらけの頂きにおり、その爽快さは初め感じていた危険さなどを根底から吹きとばすほど強烈なものであった。その高みから見下ろす上高地平は、くねくねとした梓川の水流を中心に、落葉松の奥ぶかい緑、上流にはケショウヤナギの柔かな緑を点在させて、この世のものならずのどやかな箱庭のように望見された。辺り一面に稀薄で下界と別種の大気が満ちていた。あえて繰返すが、その雄大で清浄な風景の中には、戦争のわずかなかげすら漂わすものは何一つとしてなかった。そして、またしても私は、悲惨な戦局の中にある日本とは離れた別天地に自分がいるような錯覚に陥ったのである。上空を、これまた生れて初めて見るイワツバメが敏活に飛びめぐった。

下山してしばらく休み、その夕方、私はまた一人で宿の付近をさ迷った。梓川の支流を長いこと眺め、寮歌を唄ったり、また何首かの短歌を小さな手帳に書きとめたりした。そうしていると、昼間、山頂では忘れていた孤独感がまたひしひしと蘇ってくるのであった。

初めて温泉旅館に着いたその夜か、或いはその翌日の夜か、夕食のあと宿のおかみさんが私たちの部屋に来て、しばらくしゃべって行った。

彼女は、私の父が茂吉であることを知っていた。おそらく与曾井さんが私の滞在が快くあるように、豊君にそのことを告げるよう言っておいたのであろう。

おかみさんとの会話はすべて忘れてしまったが、ただひとつはっきり記憶しているのは、彼女が何かの拍子のように、

「あなたのお父さまは立派な方だが、お母さまはそうでありませんね」

という意を、私にはまだなじめない信州弁で言ったことである。

前述したごとく、私はようやく父が崇拝すべき歌人であることは承知していた。しかし、その理由は知らぬが幼い頃からずっと父と別居していた、たまに遊びにゆくとごく優しく、また稀に子供たちと揃ってピクニックに連れて行ってくれたりした母が、見知らぬ宿のおかみさんからそのように言われる理由はまったくわからなかった。

私はべつにその言葉に衝撃を受けたわけではない。その意がぜんぜん理解できずに単に耳から聞き流しただけであった。それについて何か尋ねる気にもなれなかったし、おかみさんもそれ以上は何も言わなかった。

しかし、その夜、寝る頃になってやはりそれが気にならなかったと言えば嘘になる。私はつい先日、山形の疎開先で数日を一緒に暮した父母のことを考えてみた。

父の歌を痛切に愛好しだしていた頃とて、私は山形へ行くのに、一種つつましい気持さえ抱いていた。それまでずっと長い間、父のことを頑固な雷親父としてむしろ敬遠してい

たこともあって、すでに私のうちで畏敬すべき歌人に変貌した父に会えるという思いだけで、一種不思議な、おののくような気持を抱いていた。

ところが、久方ぶりに会った生身《なまみ》の父は、やはり昔のままの姿とおしつけがましさを持っていた。つまらぬことにしょっちゅう立腹し、その年の三月から家へ戻ることを許した母に対しても、がみがみと小言を言っていた。なかんずく、蚤《のみ》に対してはもっと腹を立てていた。父は昔からごく虫に喰われ易い体臭のようなものを持っており、蚤の多い山形の僻村の暮しに於て、蚤の跳梁《ちょうりょう》に対する父の反応はさながら侵攻してくる敵軍を憎むに等しいといってもよかった。父は蚤に襲われぬよう、一枚のシーツを縫いあわせて袋を作り、その中にすっぽりもぐって寝た。しかし、蚤はなおかつ侵入し、そのたびに父を憤怒させた。父は逆に蚤をこんなふうに礼讃したこともある。

「蚤という奴はどうも利口だ。夜、袋の中にはいっているのがわかるから、朝になったら捕えてやろうと愉しみにしていると、もういない。どうも利口だ」

その日常を見ていると、どうしてこのような人物があれほど私が感動した歌を作ったのか奇妙にも思えてくるのだった。

もとよりそういう父に、その歌を読んで感動したことなど話せたものではなかった。私は父が散歩に出た留守に、ひそかに「赤光」「あらたま」などの歌集を取りだして、大学ノートにびっしりと筆写した。どうも茂吉という男は、その歌だけを読んでいるのが一番よいので、その生きている実物のそばにいることは息がつまりしんどくなる存在のようであった。

あまり父のことに気をとられていたので、その疎開先での母の印象は稀薄である。しかし、やはり居候の身なので、一応おとなしくしていたようだ。ただ、夕食後の団欒《だんらん》などにはあまり加わらず、すぐにあてがわれていた蔵の部屋へ引返すことが多かった。妹はけなげにその家の手伝いをしていた。赤子をおぶって子守りをし、畠の草とりも熱心にした。母は草とりには一度も出て来なかった。焼け出されて世話になっているのに、除草をも手伝わないところが、その頃の私から見た母の唯一の欠点と思われた。

幼い頃からの記憶を辿ってみても、母はかなり贅沢《ぜいたく》なところはあったが、宿のおかみさんから誹謗《ひぼう》される理由はやはりわからなかった。結局、何もわからぬまま私は寝についたようだ。

そのあと、西穂高に登った嬉しさと昂奮もあって、そのおかみさんの言葉は私の頭から薄れてほとんど消え去って行ってしまったらしい。

上高地滞在の四日目は、竿を借りてのんびりと岩魚釣りをしたりして過した。宿の御主人は二匹を釣った。私はかなり大きな一匹を釣り落しただけで、そのあとは当りさえなかった。

午後は諦めて、また一人で西のほうの森林を辿り、渓流の石の上に腰をかけて物思いにふけった。

河原で冷たい水に足をつけながら、何の気なしに川底の石をめくってみるとゲンゴロウの類いがいた。キベリマメゲンゴロウだった。こんなにも冷たく速い流れの中にも虫がいるのかと不思議な気もした。路傍に古びた汚ない小屋があって、その脇の草原にスミレが数限りなく咲いていた。あまりに可憐だったので、ついその幾つかの花弁をまた女学生のような気持で手帳にはさんだ。蝶ではコヒョウモン、コヒョウモンモドキなどを採集し、甲虫ではカタキハナカミキリを採った。

翌七月二十九日、私たちは素晴しかった上高地滞在に別れを告げ、徳本峠への道を帰途に着いた。登りはうねうねとしたかなりの坂で、路傍の繖形《さんけい》科の白い小花に、それこそ無数のハナカミキリが群がり、蜂のように花の周囲を飛びめぐっていた。網を花にかぶせてゆすぶると、それこそ何十匹というハナカミキリが網の中でうごめくのだった。その想像を絶するきらびやかな翅鞘《ししょう》の群は、念願の上高地を訪れた私への天恵のようにさえ思われた。ビブーヒメハナカミキリ、ナガバヒメハナカミキリ、ヨツモンチビカミキリ、ニンフハナカミキリ、——あとからあとから際限もなく採集品は増えた。そうやって夢中になっているとき、私は母についての宿のおかみさんの言葉を忘れきっていたように思ったが、私の深部ではやはり記憶の襞《ひだ》の中に刻まれていたのであろう。しかし、うっすらとした意識すら残っていないようにそのときは思われた。

徳本峠には、虫を採っていたにもかかわらず、二時間ほどで着いた。そこから見る前穂高の岩壁はまさしく絶景である。しかしこの山容をふたたび見ることはもうあるまい。

　そこから百曲りの急坂を降り、島々までの長い長い谿谷をほとんどおし黙って歩いた。渓流の砂地に、ミヤマカラスアゲハやスジボソヤマキチョウが集まっていて、私たちが歩いてゆくとパッと飛び立っては周囲を旋回した。道は涯もないように思われたが、ようやくのことでトロッコの線路のある道が続くようになり、島々までそう遠くはなさそうなことが予感されてきた。

　これが終戦間際の印象ぶかかった上高地行の追憶である。


　二度と訪れることはあるまいと思っていた上高地への道を、戦後の高校、大学時代、私はどれほど歩いたことであろう。徳本峠の道、或いは沢渡《さわんど》までバスが通うようになった道を。もっともその頃は上方の山へ登るのが目的であったから、上高地は素通りすることが多かった。

　しかし、もう高山には登れない年齢になってからも、私は幾度も上高地を訪れた。むかし何回かその横手を通って生涯のうちにこんなホテルに泊れることがあろうかとよく考えた帝国ホテルの新館に滞在し、周囲を散策しては遠い記憶を蘇らした。そして訪れる人間こそあまりに多くなったものの、上高地全体の自然はまだそれほど変っていないなと安堵に似た気持を抱いたものだ。

だが、改めてふり返ってみると、あの過剰な感傷に包まれて初めて上高地を訪れた日々こそ、まさしく私の青春そのものではなかったか。宿のおかみさんの母についての言葉、なぜ母が別居するようになったかについて、その後も私はわざわざ知ろうとはしなかった。しかし、そうした事柄は、人が人生の時間を生きてゆくうちになぜともなく自然にわかってくるものなのだ。

しかし、私の場合、母のいわゆる「ダンスホール事件」として新聞種となったことを正確に知ったのはかなり遅く、大学も半ばに達した頃であったと思う。

「ダンスホール事件」とは、昭和八年十一月八日の新聞に出たもので、銀座ダンスホールの教師エデーカンター事、田村一男（二四）が、同ホール常連の有閑マダム、令嬢、女給、清元師匠、芸者等を顧客に、情痴の限りを尽し、目にあまるその不行跡に、警視庁不良少年係が同人を検挙したことである。新聞の要点を抜くと、

「田村もニューヨークレヴュー界の人気者エデーカンターの名をもじりその美貌と女性を魅するウインク、それに際立って巧みなダンスの相手振りに女を惑溺させていたもので、警視庁当局のいうところでは、同人は元カフェー、クロネコの女給某（二四）と同棲しているうちに銀座裏のカフェー、ベルスの女給某（二一）新橋の芸妓某（二三）赤坂溜池の清元師匠某（二六）大阪阪神電鉄会社の某課長夫人、千葉県八日市場の資産家某の令嬢、

某会社専務夫人、青山某病院長医学博士夫人等の名が彼の取巻常連として並べられ、阪神電鉄某課長夫人は彼と一回踊ってチケット五十枚、某令嬢は百枚、某会社専務夫人は五十枚を惜しげもなく彼の手に握らせて歓心を買い、その中でも某病院長夫人の如きは余りに頻繁なホール通いにお抱え運転手にも遠慮して円タク又は三越から態々《わざわざ》地下鉄で通い、甚しい時は午前十時前に来て、田村の出勤を正午まで待ち、更に共に昼飯後三時まで踊り抜いても飽き足らず、夜も現れて派手な好みの洋装で全ホールの人目をひきつつ踊り続けるという有閑マダム振りを発揮、田村某と食事を共にする他に、昨年以来横浜市磯子の待合、田端の料理屋、多摩川の待合等を遊び回り、ダンスホールでも相当評判を高めていたといわれ、博士夫人も七日午後警視庁に呼び出され、その行状を聴取された。田村は右のようなヤリ方で月収三百円を下らず、豪勢な生活をしていたものである」

母はこのため父の激怒を買い、家から出て行ったのである。

私がこの新聞記事を直接に読んだのは更に遅く、「楡家《にれけ》の人びと」を書きだすまえに大正七年から戦後までの新聞を読み通した時のことである。事件の内容はうっすらと知っていたし、すでに三十代の半ばのことでさしたる衝撃も受けなかった。

それでも私はそのずっと前から、幼い日に母が家からいなくなった夜のことなどを意識して追想してみることもあった。そして私の処女長篇「幽霊」に半ばフィクション化して書いたりしたものである。

「幽霊」を完成させる前に父が死に、またかなりの歳月を経て母も死んだ。

考えてみれば、父の歌によって文学に開眼してから、私の父母に対する気持も変化して行った。そして時間が流れるにつれて、更に微妙に変化した。しかし、それを一々述べるのはまたの機会にゆずろうと思う。いずれにしても私ももう若くはなく、いくらかは人生というものが理解できる年齢になっている。

改めて言えることは、私の精神的思春期の象徴ともいえるあの最初の上高地行に於て、見知らぬ宿のおかみさんからほんの偶然のように聞かされた、まったく不可解であったひとことの言葉も、また私の人の生きざまを眺める目が開いてゆくきっかけであったに違いないと、この齢になってつくづくと思うのである。

（一九八八年五月「新潮」）

水の色

金井美恵子

肌の色よりもずっと濃い、古びて肉桂色《にっけいいろ》に変色した桐の箪笥《たんす》とか、小さな柔らかい粒々がふわりとした空気の層を混えてガラス容器の中に入っているので軽く揺り動かせば粒々がこすれあう微かなさらさらした音をたてて嵩《かさ》が目減りしてしまうのにちがいない茶色の粗糖や、埃《ほこり》と湿気と石油ストーヴの油煙と煙草の煙を吸い取り日にも焼けて重くなって垂れ下っている汚れて毛羽立った本来の色は淡いベージュだったカーテン——外して洗わなくちゃ、汚れが落ちるかどうかわからないけど、と彼女は首をかしげて指で布地をつまみながら言う——とかそうした色の、肌の色よりもずっと濃いことが、短いスカートの下から少しはみ出している白い綿フランネルのブルマー——洗いざらして綿ネルの起毛がすり減り平織りの布目のところどころに見え、裾《すそ》にゴムが入っているのでブラウスのふくらんだちょうちん袖とそっくりな形——とずり落ちかかっている靴下の間にのぞいている太ももの肌の色からわかるのだが、新しい物を下ろしたての時にはことにざらざらした堅い木綿糸の感触がひかがみとひかがみから上の太ももの内側で擽《くすぐ》ったくむずむずずり落ちかかっている肉桂粉入りの八橋色の靴下を、その子はちゃんとした位置に戻そうとして少し背中を丸め片足を軽く持ちあげるようにして、爪先きを伸ばし両手で靴下を引っぱりあげてみるのだが、何歩か歩いているうちにまたずり落ちてきてしまうものだから、今度は濃い桃色のところに太い赤い線と細い白の線が二本入っているゴム製の靴下留の具合を調べるためにに立ち停って、凄く小さいエンジ色の皮靴をはいたまま、ゴム輪の靴下留を脚にそっておろし——膝の丸い出っぱりで一度引っかかり、踝《くるぶし》のところにもう一度引っかかるので柳の街路樹の根方に生えている丈の低いカタバミの上に座り込んで、エンジ色の甲のところにボタン留の紐のある靴の上から——靴を脱がないで——濃い桃色のところに赤と白の横縞《よこじま》が入った三センチ程の幅の人絹の糸をからめて織ったゴム製の靴下留を外して調べてみるのだが、それはゴム全体が伸びてゆるくなっているので長さを調節する金具を動かしてもあまり効果がないし、伸びてゆるくなりゴムというよりは一本の紐と同じ桃色の靴下留で靴下を留めておこうとするとそれが太ももに喰い込んで痛いし、結局メリヤス編みの木綿の靴下は脚の動きにつれて少しずつずり落ち、膝のところと踝のところで幾つかの横じわを作ってたるんでしまい、自転車に乗ったり、小走りに走ったりしながら（何か口々にとぎれとぎれのよく聞きとることの出来ない言葉を大声で叫んだり、せかせかとささやいたり、うなずきあったりしながら）何人もの人たちが柳の街路樹のある通りを南の方――公園の方――に向い、通りに面した路地の入口の角からも派手な色と柄の長襦袢《ながじゅばん》のまだったり襦袢の上に毛糸編みで裾に白い四角の市松《いちまつ》模様編み込み柄のあるいろいろな色の茶羽織りを着て頭に派手な色彩で大柄なプリント模様の絹のスカーフをターバンのように巻いた女たち――派手なプリント柄の絹のスカーフを巻いた女たちの頭は、髪にカールを付けるために巻きつけた金属製の円筒状のクリップを何個も付けているので、ぼこぼことしたふくらみを浮きあがらせて、奇妙な形にふくらんでいる――が出て来て、何か大声で言いあいながら走って行くので、一緒になって走り出す。

お濠なんかで身投げが出来るもんだろうか、と祖母が言い、深さはどれくらいあるか知らないけど幅は四間あるかないかだし、と疑わしそうに首を振ると、叔母が、だって女の人が井戸に身投げをするっていう話がよくあるじゃないの、深さや幅の問題ではないし、お風呂というわけではないのだから、泳げなければ死ぬだろうし、死のうと思うような人なら何か工夫するじゃない、足に石をくくりつけるとかなんとか、それに現に、その女の人は水死したんだし、と赤いかさかさと乾いた音が編み針と指の間で絶えずこすれあいながら微かにしているラフィット・ヤーンの糸を指に巻きつけて鉤針《かぎばり》編みの編物を編みながら言い、実際、だってこの子は見たって言うじゃないの、ね？　と、編み物と指先きにおとしていたうつむいていた顔を持ちあげて、私の方に横目を投げるようにして話しかけ、母が話をさえぎるように、もうその話はいいんじゃないの、と言うと、お喋りにやって来ていた隣りの家の若い嫁が、夕刊か明日の朝刊に記事が出るかもしれないけれど、でも、あいうところの女が殺されたというのならともかく、身投げしたくらいのことでは新聞の記事になんかなりはしないわね、と一人でうなずき、柳町の奥のほうにあるスミレ堂という化粧品屋の娘が中学の同級生で、その人のところでスタイルブックから製図をおこした初夏のワンピースの型紙を借りる約束があったから明日にでも行ってみれば身投げをした女の人のことがわかるかもしれない、店で客を取っていた女だっていう人もいれば、経営者の娘だとか妹とかで自殺の原因は失恋だという噂もあって、本当のところはわからないんだもの、と告げるので、祖母は、それだったらその後でちょっと家に寄ってね、と言い、ラフィット・ヤーンで赤い手さげ——完成すると直径二十センチで高さが二十三センチの円筒形で胴の部分が白と赤の縞になる予定——を編んでいた叔母は、それならその後でワンピースの生地を選びに何軒かお店を見てまわることにしよう、と声をかけてから溜息をつき横手の泥だらけの庭木戸を押して、ぬかるんだ泥だらけの敷石の上を用心深く歩いて——粘土質の土が混っているのでべたべたする濡《ぬ》れた柔らかな土が溜った敷石の上を歩くと、ゴム長靴の底のすべりどめに刻まれたあとが、型をぬいたようにくっきりと残る——朝日のあたっている赤茶色の煉瓦《れんが》を敷きつめた池のある庭に向い、煉瓦一個の横幅分の高さの縁が長方形で丁度三畳程の広さの姫睡蓮《ひめすいれん》の葉の浮ぶ池の周囲にはあるのだが、ようやく水のひいた庭全体は一面に泥を被っていたけれど姫睡蓮は無事で、淡い桃色の幾重にも重なった花弁は先きの方では微かに緑色がかった青味をおびて白くなり、萼《がく》に近いあたりは赤紫色の筋が毛細血管のように細かに分岐した濃い桃色の、こんもりした花を咲かせていて、それはとても美しくみずみずしく輝き、便所の汲み取り口から流れ込んだ水が汚物と混ってあふれ出したものだから、そこいらじゅうに便所の臭気と大水が運んできた川底の腐敗した泥の匂いと朝になって咲いた八重咲きのクチナシの香りが混りあい、勝手口の泥だらけで濡れた戸のニッケルの引き手を持って引くとねばつく泥のせいで重く開けづらかったけれど鍵がかかっていなかったので戸が開き、赤茶色の煉瓦を敷きつめた台所の薄暗くて広い、いつもひんやりした土間で、いつものこの時間だったら台所仕事をしている大きな赤ら顔で髪を二本のお下げにしているねえやの姿も、耳の遠いばあやとその息子の運転手も、おじさんも、同居している海上火災保険会社に勤めているおじさんの甥《おい》も、おばさんの姿も見えず、煉瓦を敷きつめた広い土間の中央の昔からある石で囲んだ大きな井戸——今では井戸の上を板でふさいで鉄の手動式ポンプを取りつけたコンクリート囲いの流し場になっていて、ここの井戸は水が良かったので、祖母は朝のお茶のためにアルマイトのやかんを持って毎朝水をもらいに行ったし、汗っかきのおばさんは、水量の豊富な井戸の元になっている地下水のせいでそうだったのかもしれない敷きつめた煉瓦がいつも微かに湿り気をおびてひんやりした土間にさわらの盥《たらい》を出し、夏の暑い午後、冷たい井戸の水でほてった身体の熱っぽさをなだめるために行水をするのだったが、大水がようやくひいたばかりで、煉瓦敷きの土間にもまだあの腐敗臭のする泥が残っていて、北側にある勝手口の方向からは見えない井戸の石組にもたれかかるようにして死んでいたおばさんを見つけたのはあたしがたったの七歳の時だったという話を祖母を相手にするものだから母親は顔をしかめ、部屋を出て行くように私に合図する。

白く極く薄い麻のローン地に小さな黄色い花――キンポウゲ、レンギョウ、ヤマブキ、マツヨイグサ、ロウバイ、ツワブキ、ミモザ、エニシダ、ハハコグサ、タンポポ、オトギリソウ、アキノキリンソウ、オミナエシ――と緑色の葉のプリントで肩と腕と胸――少し前かがみになると胸の谷間といわれる濃い灰色か茶色にも見えるかげりが柔らかくたよりなくひろがっている乳房の丸味が強調される――がむき出しになっている、たっぷりしたギャザーがウェストから寄ったサマー・ドレス――肩には細いストラップが三本（間にプリントの葉の色と同じ緑色をはさんで小花と同じ黄色のストラップが二本）ずつ付いていて、深く刳《く》った背の部分と、ナイロンで裏打ちしたラバーのブラジャーのカップがワンピースと一体になっている前身頃をつなげている――を彼女は着ていて、少し身体を動かすたびに薄い麻の透きとおった布地――ギャザーのたっぷり寄ったスカートは布が二重になっていて下のスカートの上に、それより裾丈の短いウェストのところで四つの部分《パネル》に分れた飾りスカートが重なっている――はかさかさしてくぐもった衣ずれの音をたて、飾りスカートで布地が二重に重なっていない部分を透かして太ももがかげりをおびた丸味をあらわにして、サマー・ドレスはファスナーが背中に付いているのではなく、左の脇の下からウェストの一番細い部分で一度途切れて小さな銀色の針金で出来た二個のホック留めになり、さらに腰の方からウェストに向けて下から上に引き上げる仕組みのファスナーが付いているものだから、それを脱がせようとするたびに――彼女はその黄色い小花模様のローン地のサマー・ドレスの下に小さな湿り気をおびたパンティーしか付けてはいないのに――ちょっとした混乱がおき、左の脇の下のウェストのところで二つに分れたファスナーや、かさかさした薄い大量の布地のスカートを持ち上げて頭から脱がせようとするのはやめて、汗ばんだ下腹と尻にぴったり張りついている少し冷たくてすべすべした手触りの小さな絹のパンティーを脱がせる――汗ばんだ下腹と尻に張りついている小さい下着のウェストに入ったゴムの部分がくるくる外側に丸まって、てのひらが汗ばんだ尻の上を擦る――こともむろん可能だったが、そうすると透きとおるほど薄いのにかさかさと衣ずれの音をたてる張りのある麻のローン地を大量に使ったスカートを上にたくし上げた部分が二人のみぞおちから胸にかけてとウェストとみぞおちの間にはさまれることになり、薄く糊付けしてあるのでかさかさというかパリパリするような音をたてる張りのあるローン織りの布地が幾重にも重なって汗ばんだみぞおちと胸の皮膚に擦りつくのはことに乳首の先きが擽ったいのだけれど、彼女は自分のウェストとみぞおちの上でスカートが細かいくしゃくしゃした皺《しわ》が出来てしまうのと、繊細な作りの肩のストラップがちぎれるかもしれないと心配するのをいやがり、腕を伸ばして私の肩の付け根をてのひらで強く押す。一緒に連れて行ってやってもいいんだけど、おとなしくしていればね。でも、男の子には退屈なんじゃないの、女の子は生地やボタンやレースとかリボンとか眺めてると、楽しそうにずっとあきずにあれこれ眺めてるけど。それより映画に連れてってやって、そのほうがいいわよね、と女たちが話し、西側の廊下の裏庭に面した開け放たれたガラス戸——春と冬の大掃除の時にはいつも外してホースの水を流しながらみがき粉とタワシで洗うのでもともとは白木だったのが褐色《かっしょく》に変色している木の桟の柔らかなところがすり減って堅い木目が浮びあがり指の腹を木目の浮びあがった桟に沿って横にすべらせるとなめらかな木目の凹凸が擽ったくて気持がいいのだけれど桟をなぞっている指が外れてみがきあげられたガラスに小さな幾つもの汚れた指紋のあとが付き、ガラスを汚すものの正体は頭の黒い手の汚れたネズミだってことをおばあちゃんは知ってる、と祖母が言う——から東側の通りに面した両側を少しずつ開いて二枚のガラス戸を真中に寄せてあるくもりガラスの窓の間を風が西側から吹きぬけ、祖母の吸っている「光」の煙がふわりと流れ灰色がかった紫色で灰皿に置いてあったり親指と人差指と中指の三本の指にはさまれている時には細かい糸のように次々と上の方に流れて行くのを見つめていると眠くなってしまい、東の奥の客間と西側の茶の間の間の四畳半の仏間から白檀《びゃくだん》の強い甘ったるく息のつまるような線香の匂いが漂ってきて、ゴツゴツしたブルーと白の粗い木綿糸で大きな花と花の咲いた枝に止っている羽をたたんだ鳥の柄が規則的に繰りかえされて織り出してある、どことも知れはしないのだが、南国というか、熱帯地方といったほうがいいのかもしれないどこかの、楽園であるジャングルの香り高い花々と、花々の間を鳴きかわしながら遊ぶインコの敷物の上に寝そべっていると、この子は疲れているんだね、凄く疲れているから学校から帰って来るといつもこうやって横になってかあいそうだ、なにもあんな遠いところまで通わせなくても、近くの小学校でよかったのに、と祖母がブツブツと文句を言い、裏庭の岩で囲んだ小さい池の水面に差し込む午後の日ざしが廊下の天井に反射してチラチラ動く明るい透きとおったあめ色の斑《まだら》を作っているのを眺めているとますます眠くなり、身体のむきをかえると、叔母は赤いラフィット・ヤーンの手さげを編みつづけていて、残りすくなくなった赤いかさかさした薄紙を軽くよじりあわせたように見える糸を巻いたボール状の塊が編む指の動きにあわせて軽くころがるように動くのをじっと見ていると、ふいに祖母が母にでもなく叔母にでもなく独り言のように猫のことを言い出す。どこにいっちゃったんだろうか、きれいな猫で五月人形の桃太郎さんみたいにきりっとした顔立ちで毛糸玉だろうとなんだろうと少しでも動くものがあるとまるでほんとうに桃太郎の鬼退治のように突進して白と黒のきれいなブチで鼻と口が桃色で眼は丁度そういう色だったと、叔母の着ている薄みどり色のカーディガンの透明なプラスチック製のグリーンのボタン——表面が丸くふくらんでいてギンナンのような形をしている——を指さして溜息をつくので、叔母が友達のところで生れた猫の子をもらってきてやると言うのだが、祖母は首を振ってあんなきれいで賢い猫はあとにもさきにもいるはずがない、と答える。桃色の極上のベルベッチンのようにすべすべした濡れた鼻で、毛並はあんたたちは知らないけれどあたしのおじいさんが冬になるとよそゆきに着た茶色のラシャの二重回わしの襟《えり》についていたラッコの毛皮より柔らかくてすべすべしていて、あんな器量よしの猫はいない。

靴下留は新品だったので——紺のところに白と茶色の横縞——黒い木綿のメリヤスの靴下はずり落ちては来ないのだが、ゴムの靴下留でしめつけられている太ももがゴムの輪のかたちにそって気になってしかたがないし——しばらくたつと、ゴムの輪の形の赤いあとがついてそこがとてもかゆくなる——少し歩くと靴下をはいた脚が熱くなって靴下のなかで脚がむれたようになるものだから途中で靴下を脱いでランドセルの蓋《ふた》を開け——内側にこもっている新しい皮の匂いと混りあった染料のむっとするような匂いで鼻の穴がひりひりする——靴下と靴下留を内側に仕切りのついたランドセルの中に押し込んでしまうのだけれど、そういう時はいつも手早くやってしまおうと思って、いそいで突っ込むものだから、片方をランドセルの外に落してしまい、そうすると、何組目かの新しい靴下留を洋品屋で買うまで片方だけは白い平らなゴム紐を結んだ輪っかを代用させられることになってしまうし、それはなんだか恥かしかったから、いくらさがしてもランドセルの幾つもの細かい仕切りのついた内側に紺のところに白と茶色の横縞のあるゴムの靴下留が片っぽしか入っていないことを認める時には、思わず汗ばんでしまうのだったが、女の子が私の方を見て微笑みかけ、みんながあっちに走っているのは、女のみなげがあったって、女の人のみなげがあって、お濠に浮んでいるんだって、見に行く？　と言い、声を出して返事をするかわりに首をこっくりさせ――そうすると黒いラシャ地の学帽の側面に取り付けてあって頰の横から顎《あご》の下にかかっている帽子どめのセルロイドに首のくびれめがあたってごく軽いチクッとした感触が半月状に首のくびれめを走る――小走りになりかけるのだが、女の子はちょっと待ってと言って両方の脚の靴下をおろして足首のところにぼたっとした濃い茶色の輪っか状の塊を作ってから一緒に小走りになって――ランドセルに入れた教科書とノートとセルロイドの鉛筆箱が走るのにつれてカタカタ派手な音をたて、ランドセルが背中にあたって揺れるので厚ぼったいフェルトで裏打ちをした肩かけベルトが肩の上で急に重くなる――お濠にみなげをしたのはおじょうろうだって、と軽く息を弾ませ、たいこ橋の上も墓石のような長方形の御影石の柱と柱の間に鉄棒が埋め込んであるお濠の柵にも身を乗り出すようにした人がいっぱいで、お濠の柵に面して半円形に人が群がっているあたりの地面は水びたしになり黒に近い深い緑色や褐色の泥まみれの水藻がちらばっていて何も見えないものだから身体をかがめて群がっている大人たちの脚から水に濡れた地面に横たえられている、みなげをのぞきこむと、赤い地に白い秋の草花が曲線で描いてある長襦袢もびっしょり水に濡れていて桃色のしごきが胴に巻きつき水に濡れた水藻そっくりの長い髪が少し横向きになって濡れていないアスファルトのように堅そうで白っぽい顔と首に貼りつき、腕は身体にそってぴったりおろしていて脚もぴったりそろえられている。女の声が長襦袢の袖のなかにきっと石を入れていたのにちがいないと言い、別の女がだってこんなところに袖に入れるような手頃の大きさの石なんてないじゃないのと言うと、別のもっと年を喰った女の声が、そんなもの死ぬ気になればどこでだって探せるじゃないかと怒ったように言い、男の声が、いつだったんだろう何時頃みなげをしたんだろう、このあたりは一晩中人どおりがあるし、よく酔っ払って自転車に乗って濠に落ちる奴がいるから夜中に見まわりがあるのにと言い、別の男が、濠の水には流れというものがないんだからどこか別のところから流れてきたってわけではなくここでとび込んで沈んで、それから長襦袢の裾のほうがこうぶわっと扇子のように広がって浮びあがっているのを牛乳配達のアルバイトをしている中学生が見つけたという話だから、やっぱり昨夜のことだったろうと言い、別の若い男が、それにしてもとび込んだ時に水の音がしなかっただろうかと言うと、牛乳配達のアルバイトをしている中学生が最初に死体を発見したと説明していた男が——灰色のよれよれになったピケ織りの登山帽を被っていて片目が閉じたようにふさがっている——とび込んだというのは言葉のあやで、女が一人とび込めばそれはもちろん水の音がかなり大きく派手に立つはずで、お濠の北側の底が浅くなっているところには、戦争中に理化学研究所で飼っていた食用ガエルがいつのまにか繁殖しているのだが、そのカエルが水にとび込んでも相当大きな水音がするくらいで、だから、この人はとび込んだのではなく、鉄棒の柵をまたいで濠のへりに腰をおろしてそのままお尻をずりさがるようにしながらすべり込むように水に入ったのだろうと説明し、人々は感心して口々にそのとおりにちがいないと言いあう。女の子が小声で、水に漬ってたから長襦袢の生地が縮んでそれであんなに丈が短くなって足が見えるのだ、足も水に漬っていたからあんなにふくらんでいるとささやくので、なんとなくうなずきかえすと、すごく大きくて黄色い顔をしていて水色のネッカチーフを頭に巻き大きな黒い出目魚と赤と白の斑の金魚の柄の長襦袢の上に灰色の半透明のビニール・レインコートを着た背の高い女が、子供の見るものじゃない、あんたたち学校に遅れるよ、といった意味のことを大きなザラザラしたしゃがれ声で言うので私たちは走ってそこから離れ、女の子は濠の角を曲がった下りの坂道の方へ歩いて行き、私は柳通りと紺屋《こんや》町の通りが交差する角を曲って附属小学校行きのバスの停留所の方へ歩き出す。

柳町の路地の奥にあるスミレ堂化粧品店の娘からスタイルブックと型紙を借りてきた隣りの家の若い嫁は、ほぼ出来上り二枚の丸く編んだ部分と赤と白の横縞に細長く編んだ部分を縫いあわせて円筒形の形になっているラフィット・ヤーンの手さげを手にとってみながら、あたしも作ろうかな、すごく簡単に作れそうだからと言い、叔母がうすら笑いを浮べて母に向って眼くばせをすると母は軽いせき払いのように咽喉を鳴らして、そうね、きょうこさんとても器用だからと答える。

ウェーヴのかかった量の多い髪を真ン中からわけ耳が少し隠れるようにして後ろでまとめているのだが、額やこめかみのあたりに生際のウェーヴのかかった髪が短すぎてとめきれずに少し乱れて額に滲んだ汗に濡れてはりつき、髪のわけ目は額の中央から恰好のよい丸味で後頭部のふくらみにつながっている頭頂部の白い皮膚を真っすぐみせていて、後ろでまとめている髪は太い三つ編みにゆるく編まれてからくるくると巻き貝のようにこんもりと丸め何本ものヘアーピンで留めてあり、ヘアーピンはU字型の二本の棒を長くひき伸ばした形のごく細かくねじられた凹凸のある紫色がかった鈍い光沢の黒い針金でできていて、髪をとかずに枕やシーツに押しつけられると、それほど鋭くはないヘアーピンの先きが頭皮かうなじに突きささって――血が出るほどではないのだが――小さな悲鳴をあげ、髪をほどいてくれるようにと彼女は言う。ヘアーピンは柔らかな弾力のある針金でできていてこんもりと後頭部とうなじにかかって盛りあがった髪のなかから何本も何本も抜きとらなければならないので苛立たしくなってしまうし、紫色がかった黒い鈍い光沢のあるコーティングをしたヘアーピンは髪の重い束のなかに埋れていて乱暴に引きぬくとそこにからみついている髪の毛を一緒に引っぱることになり汗で微かに湿っている細い髪の一筋が今度は指にからみついてそうやってようやく何本ものヘアーピンを髪から引きぬきゆるく三つ編みに編んだ髪をほどいて指を髪の間に入れるとそれは熱をおびたように熱くなっていて少しいびつな小さなボールのような頭部を両手の指で髪の毛ごしに触れるとあたたかい水のなかに手を入れて手の間からすり抜けてすべり落ちそうなボールをつかまえようとしているような気がするのだったが彼女は髪と髪がこすりあわされる音と頭皮の表面をすべって行く指の音が耳と耳の間でざらざら響くといって笑い——笑うと下腹の柔らかくとけかかっている皮膚がふるえる——紙の上をボールペンで強くこすった音に似ていると言う。何かを書いていて、ひとつひとつの文字を書いている時にそういう音はしないのだけれど、書きまちがえた言葉かそれともそれはかならずしもまちがえというわけではなくてそれとは別の無数にあるはずの別の言葉を選びそこなうことの怖れなのかもしれないが言葉か文章をボールペンでくしゃくしゃくしゃした一つづきの円を描くようにして黒くぬりつぶす時の音に似ている、似ているはずがないとたいした確信があるわけでもないのに口にすると彼女は私の髪のなかに指を差し込んでこういう音がするはずだとまた笑い——しゃっくりのように咽喉をひくひくさせながら——私はよくわからないと答える。それから私はレインコートを着たまま台所に行って水道の蛇口をひねり水をしばらく流しておいてからコップに八分目ほどの水を受けて生ぬるい水を飲み干す。コップは多分洗い方が雑なせいで生ぐさい匂いが残っていたし、流しの横のステンレスの台の上には朝出かける前に飲んだ牛乳のコップ——内側に薄っすらと白い牛乳の膜がはりついてそのままかわいて半透明にくもっている——と並んで一部分が丸くかじり取られているザラメを被せた丸いクッキーが一枚残っている白い小皿がおいてあり、あんなに咽喉が渇いていると思っていたのに飲み込んだ水は胃の中で重く溜って、胃液と混りあいもしないでねばつく重い胃液の上で水の層になって溜ったまま微かに波打ち咽喉の奥の方へ逆流してきそうな気がする。レモン香料入りの洗剤と水びたしになって腐敗しかけたモップと湿ったアンモニアの混りあった匂いがこもって天井やタイル張りの床や白と水色に塗りわけたコンクリートの壁や洗剤の泡が拭きとっていないので小さな粒状の斑点が一面にはりついている鏡や水色の塗料が薄れて地色がところどころ浮き出ているベニヤのドアに浸み込んでいる地下の映画館の便所で気分が悪くなり、後頭部の奥がずきずきしめつけられるようになって右の耳のすぐ上を中心に頭皮が重苦しく腫《は》れあがっているような感じのするいつものよく慣れている頭痛は映画がはじまる前にロビーの自動販売機で買った紙コップ入りの砂糖抜きのアイス・コーヒーと一緒に飲んでおいた痛みどめの二粒のタブレットのせいで映画の途中から徐々に薄れ、生れてはじめて町のホテルに泊ることになりスイッチの紐を引くと天井の電球が点いたり消えたりするのにすっかり嬉しくなって興奮したその昔は農場でタバコの葉を栽培していた老人が手を伸ばして電球の吊りさがっているコードを揺らすとブラケットもついていない裸電球が左右に揺れて貧弱な安ホテルの薄汚れた天井と壁に光の波がしだいに速度をゆるめながら広がって揺れ老人の妻はベッドのシーツが穴もあいていないし洗いたてであることにいくらか軽蔑的な調子で——もったいない、一晩だけ泊るお客のために——感心し白いモスリンのカーテンのかかったスライド式のたて長の窓越しに小さな町の通りのつつましいネオンと通りを走る車のライトがぼうっと点滅しながら差し込む。痛みはないのだが水の溜った胃が重く地下にある映画館を出ると雨が降っていて狭い通りを挟んだ人気のないさびれた感じの店のショーウインドー越しにハンガーに吊された紳士用レインコートが並んでいたものだからゴアテックスの一重仕立てで皺にならないし軽くて通勤にももちろんだが旅行の時にはことに便利だといって化粧の濃い爪を赤く塗ったよく喋る売り子にすすめられて買ってしまった一般的で良く売れる色でベージュやネイビーやグレーよりもかえって年配の方には若々しいというオリーヴ色がかったカーキのトレンチ形のレインコートは部屋のなかで見ると嫌いな色だったし長いどしゃ降りの続く戦場のずるずると軍靴の足をとるぬかるみや嵐から身を守るために考案されたいかつい形をぐっと都会的に柔らげているとはいえトレンチ・コートはまるで似合わずそれを買ってしまったのはどう考えてもまちがいのように思える。雨は降りつづけていて、開いたままの窓から管理人の消し忘れた誘蛾《ゆうが》燈《とう》のぼうっとした青白い炎の薄明かりの輪のなかに細かな霧状の雨が白く浮びあがり掘りかえされた湿った土の匂いと抜いても抜いても花壇のなかにまで生えてくるといつもマンションの管理人がグチをこぼすドクダミの匂いと掘りかえした土に混ぜ込んだ肥料の鶏糞の強い臭気が混りあった湿った空気が流れ込み、窓際の机の上に書きかけのまま置いてある手紙の、どうやってやり直しが出来るというのか見当もつかないという以上にやり直しなど望んでいない、という文章をボールペンで細長いバネ状に続く円を描くようにして黒く書きつぶし、あなたが考えているやり直しなど到底不可能だし虫が良すぎるというものではないでしょうか、と書き直してから、それも黒く塗りつぶす。

（一九九二年秋号「ルプレザンタシオン」）

解説

さまざまなる「青春小説」

川村　湊

1

小栗風葉の、そのものズバリの『青春』という長篇小説の書かれた「明治」の時代から、「青春」は日本の近代文学の大きなテーマとなり続けてきた。『金色夜叉』も『不如帰《ほととぎす》』も、若い男女のすれ違いの恋愛や嫉妬や憎しみを描いているという意味では「青春」をテーマとしたものであり、近代詩の嚆矢《こうし》とされている島崎藤村の『若菜集』が清新な青春、恋愛を歌いあげたものであることは、日本の近代文学史の常識となっている。

青春文学、青春小説という言葉もある。『野菊の墓』『野の花』『伊豆の踊子』『若い人』『愛と死』『若い詩人の肖像』『潮騒』『杳子《ようこ》』『春の道標』など、青春を描いた作品は、枚挙に遑《いとま》がないほどだ。そこで描かれた「青春」は若い男女の甘く、切ない恋愛などを中心に、希望に満ち、爽やかで、輝かしいものとして、同じく「青春」の時代のまっただ中にいる読者たちを（主に）魅了してきたのである。

しかし、「青春」が明るく、輝かしいばかりのものとは限らない。坂口安吾は「青春は暗いものだ」と言い切っている。「なべて青春は空白なものだと私は思ふ」と言い、「発散のしやうもないほどの情熱と希望と活力がある。そのくせ焦点がないのだ」と、安吾は言うのである。そこにはもちろん、青春時代を戦争で、あるいは戦争の予感で過ごさなければならなかった世代の暗い影がある。しかし、戦争であれ革命であれ、好景気のなかの閉塞感であれ、青春という人生の一時期が、ある人々にとっては早く通過してしまいたい標識にしかすぎない場合もありうるのだ。

青い春、朱《あか》い夏、白い秋、玄《くろ》い冬。私たちは人生の各時期を、そうした色のついた季節の名前によって呼び習わしてきた。青春から朱夏へ、白秋から玄冬へ。それぞれに感慨が湧いてくるのだが、やはり「青春」という清新な二文字に、特別な感情がこもらないことはないだろう。明るくても、暗くても、かけがえのない青春。しかし、「青春」はもう一つの残酷な「定義」がある。それは青春はそれが終わり、通り過ぎた時になって初めて、その意味や価値や大事さが解かってくるものということだ。

後悔などというものではない。人は人生をもう一度やりなおすことはできない。「青春」

の時代に、それを通り越した時の分別や経験があるとしたら、私たちの「青春」は、もっと有意義で価値あるものとなっただろうか。いや、「青春」とは終わった後に気づくような、誰にとっても間抜けな、ピエロのような時期にほかならないのだ。面白おかしく、楽しく、惨めで、貧しく、そして悲しい。それゆえに、「青春」は文学作品の永遠のテーマとして描き続けられるのだ。

2

日本の近代文学にも「青春」の時期があったような気がする。若く、荒々しく、哄笑的であり、無鉄砲でもあり、無軌道だった日々と時代。太宰治が書いている「眉山」という小説は、まさにこうした日本文学の「青春」時代を背景にしているように思われる。もっとも、それは冒頭に挙げた小栗風葉や川上眉山、尾崎紅葉を中心として出来あがりつつあった「近代文学」そのものの「青春時代」を意味しているのではない。太宰治などの戦争直後の流行作家が、まだ木の芽や卵や雛でしかなかった時代の、悲しい一つの「青春」の姿が、貧窮のうちに自殺した明治の小説家・川上眉山の名前を題名とした作品として描かれているのだ。

戦後の青春につながる戦前・戦時下の文学を志望する若者たちの放埒な生活と、その周辺の少女たち。それは西洋の近代文学のヒロインたちのように、美しくもなく、教養もなく、誘惑的なエロスも欠いた少女たちだったが、人間に関するゴシップ的な好奇心は人一倍、そして素朴で心温まるものを持っていた。こうした「田舎」じみた女性像を突き放して描き出しながら、太宰治は、自分たちの青春時代の優しさと残酷さを、もっともストレートに表現している。日本の文学の「青春期」の放埒や放蕩や無頼は、母であり、妻であり、恋人であり、愛人であるこうした女性たちに支えられてきた。太宰治の文学も、「眉山」とあだ名で呼んでいた少女のような「女」たちが育て、支え、尽くしていたことを忘れるわけにはゆかないのである。

その「女々しさ」のゆえに太宰治を嫌いだと公言していた三島由紀夫にも、『潮騒』や『春の雪』のような典型的な青春小説、恋愛小説がある。一方は小さな島の潮の匂いがする漁師と海女《あま》の娘との純朴な恋物語、一方は華族制度というものがあった時代のあえかな古典的な恋愛小説。しかし、三島由紀夫には、それらの長篇小説とは違った、しゃれた都会的なコントやスケッチのような青春や恋愛を扱った短篇小説がある。「雨のなかの噴水」はその一つで、安岡章太郎の名作『ガラスの靴』や『ジングルベル』のように、繊細で、脆いガラスの器のような青春の日々の一齣が映されているのである。この安岡章太郎のキュートな小説を推賞したのが「暗い青春」を主張した坂口安吾であり、彼にも『風と光と二十の私と』のような、青春の苦悩と煩悶、そして希望と不安と絶望の、光と影とがくっきりと刻みこまれている作品がある。

　大江健三郎「後退青年研究所」と、石原慎太郎の「完全な遊戯」は、青春の荒廃やその暴力性を、対象としての「青年」たちから抽出してきた作品である。安吾の「青春は暗いものだ」を「青春は暗く、みじめなものだ」と言い換えたくなるような「後退青年研究所」は、戦後の六〇年安保の政治的敗北を前景としている。柴田翔の『されどわれらが日々――』のように、政治的敗北や挫折に直面した青年たちの「青春」を描いた小説は少なくない。庄司薫の『赤頭巾ちゃん気をつけて』や、三田誠広の『僕って何』など、三派全学連や全共闘の運動を背景とした小説も、そうした政治的青春の一例を描いたものということができる。「後退青年」という後ろ向きの、しかもどこかユーモラスな命名。大江健三郎の初期や中期には、『遅れてきた青年』や『叫び声』のように、暗く、鬱屈した青年像を提示したものが多いが、その青年像は、むろん戦後民主主義と革命幻想に深く挫折した彼らの世代の自画像にほかならない。

「完全な遊戯」は、青春の持つ暴力性、犯罪性、そして虚無的な精神がどこまで荒廃してゆくかを明らかにしたような作品だ。『太陽の季節』で鮮烈にデビューした石原慎太郎は、「太陽族」と呼ばれる若者たちのカリスマ的象徴となった。それは単なる若い世代の代表者というより、永遠に反抗的で、無軌道で、非倫理的な「青春」の象徴なのだ。中上健次の『十九歳の地図』や『蛇淫』や、大江健三郎の『セヴンティーン』など、犯罪に関わる青年たちの病んだ心を描いた作品は、甘い「青春小説」というイメージを破壊し、粉砕する。永山則夫は十九歳の時に犯した犯罪のため、死刑になるまでの二十数年間を獄中で過ごし、幼年時代からその貧しい「青春」時代を回想した『異水』や『破流《はる》』のような小説を書いている。そのあまりにも貧しい青春は、一九六〇、七〇年代のものとは思えない。恋愛、結婚、将来の生活設定といったすべての「夢」を断ち切られたまま、彼は高度成長社会の最底辺で「私は生きる、せめて二十歳のその日まで――」と書き付けた。「暗い青春」「貧しい青春」「残酷な青春」も、また青春の典型の一つなのだ。

3

暴力ではないが、青春時代の徹底した無内容、空白としての時代であることを、見事に描いたのが深沢七郎の『東京のプリンスたち』である。ジャズ、ロック、ポップス、音楽の種類は変わっても、リズムやメロディーに心も体も震撼させた青春。村上龍の『限りなく透明に近いブルー』や、芦原すなおの『青春デンデケデケ』などの騒々しく、空騒ぎに終わる青春も、その青春の当事者たちにとってかけがえのない時期を再現したものとして受け止められたのである。

宮本輝の「暑い道」は、四人の男の性と愛と友情を描いたものだが、饒舌体の大阪弁が作品中で活きている。病気がちの暗い青春時代を書いた『蛍川』や『道頓堀川』とはちょっと違った人情噺と成長小説がドッキングしたような作品である。少年たちは「女」性を通じて男たちになってゆくのである。

静謐で思索的、壊れやすい硝子細工のような内面的、内省的な青春の心を描いた長篇小説『幽霊』や『どくとるマンボウ青春記』で知られる北杜夫には、優れた青春ものの作品が多いが、ここでは「神河内」を選んだ。同じように、ヨーロッパや北アフリカをオートバイで旅する青年の寡黙な精神を書いた小川国夫には、『アポロンの島』『生のさ中に』などの短篇連作集があるが、故郷の静岡、浜松などの東海地方を舞台とした、一連の回想的な小説も忘れがたい。「相良油田」は、幻想的でもあり、リアリスティックでもある、この作家独特の雰囲気の出ている青春小説といえる。

田中康夫の「昔みたい」は、一昔前ならばブルジョア家庭の子女の贅沢な生活を描いた文学作品として糾弾を受けそうな小説だ。しかし、その華やかな若い女性の優雅な生活の底に、軽いメランコリー（憂愁）と悲哀のようなものが漂っているように思える。田中康夫は『なんとなく、クリスタル』でブランド商品の知識と流行を追う若い女性の感情と感覚をピックアップして、現代の風俗現象を批評的にとらえる作家的方法を身につけた。それは時にはファッショナブルな表面をなぞるだけにしか過ぎない場合もあるが、成功すればまるで「古典」であるかのような静かな輝きとクラシックな雰囲気を持つ作品に仕立て上げられる。『昔みたい』という短篇集に収められた作品は、みなそうした感触を持ち、とりわけ表題作はエスタブリッシュメント階層の若い女性の感情の揺らぎを描いて、見事な短篇の世界を作っている。

そうした都会的で、どこか享楽的な世界と通じながら、むしろそうした都会から脱出・帰還する若い女性の一人称小説が丸山健二の「バス停」だ。都会で風俗産業に勤めているらしい娘。高級品を身につけながらも、その精神内容は、地方のほっと息の出来る安息の場所を求めている。しかし、いったん都会の水に染まった者が故郷の田舎に引き返してくることはほとんど不可能だ。苛立ちと後悔と懐郷と疲労。丸山健二の描く青春は中篇『アフリカの光』のように暴力と頽廃の中で、影絵のような一瞬のドラマを言葉で演じている。

幼年、少年（少女）、青年。もっとも作品として作り上げにくいのが「少年・少女」の時代ではないだろうか。児童文学は別にして、大人の文学として、まともに少年から青年に移り変わる時期をとらえることは、作家たちにとっても難しいことではないか。

少女が「女」に変わってゆく。中沢けいのデビュー作『海を感じる時』は、作者自身が青春のさなかにいて、自分の体と心のなかを観察して書いた精緻なレポートといえなくもない。「入江を越えて」は、そうした彼女のもう一つの青春の姿を描いたもので、青い草の汁や若木の樹液にまみれるような性と汗のしたたりを感じさせるものだ。

金井美恵子は長篇小説『恋愛太平記』で、成熟した小説技法で、うつろいやすい、気まぐれな「恋愛」というドラマを書くという実験に成功したのだが、『愛の生活』などの初期小説には、背伸びをした少女たちの破局的な恋愛と感情生活を描いていた。「水の色」は、そうした技巧派とでもいうべき小説家が生み出した、「青春小説」の秀作である。

（本巻収録作品は題名を「　」で囲み、収録されていない作品は『　』で囲んだ）

著者紹介

太宰治（だざい・おさむ）
明治四二・六・一九〜昭和二三・六・一三（一九〇九〜一九四八）　青森県生まれ。東大仏文科中退。上京当初から井伏鱒二に師事。自殺未遂、パビナール中毒などの頽廃的な生活に転機を得、『走れメロス』等名作を生む。戦後は坂口安吾らと無頼派と称され流行作家となる。『ヴィヨンの妻』『斜陽』『人間失格』などで日本的私小説を現代的小説に発展させ若い読者の絶大な支持を得る。玉川上水で入水自殺。

石原慎太郎（いしはら・しんたろう）
昭和七・九・三〇〜（一九三二〜）　兵庫県生まれ。一橋大社会学部卒。『太陽の季節』が文学界新人賞、芥川賞を受賞し、無名の学生作家は一躍文壇に登場。〝太陽族〟、新世代の旗手としてマスコミの寵児となり、文学史上空前の社会現象を生む。大江健三郎らと若い日本の会結成など話題を呼び、次第に政治的発言、活動が中心となる。『亀裂』『死の博物誌』『青年の樹』『化石の森』等。現・東京都知事。

大江健三郎（おおえ・けんざぶろう）
昭和一〇・一・三一〜（一九三五〜）　愛媛県生まれ。東大仏文科卒。大学在学中から小説を発表し、『死者の奢り』で作家として出発。『飼育』で芥川賞受賞。『芽むしり仔撃ち』で〝新しい文学〟の旗手となる。父と障害の子との関係を描く『個人的な体験』、『万延元年のフットボール』『同時代ゲーム』『ヒロシマ・ノート』等。海外でも多数翻訳され評価される。一九九四年ノーベル文学賞受賞。

三島由紀夫（みしま・ゆきお）
大正一四・一・一四〜昭和四五・一一・二五（一九二五〜一九七〇）　東京生まれ。東大法学部卒。学習院中等科のころから文才を注目される。昭和二四年『仮面の告白』が大きな反響を呼び、新進作家の地位を確立。『金閣寺』『鏡子の家』『近代能楽集』など三島的美意識で彫琢された作品を発表。海外での評価も高い。四三年楯の会結成。『豊饒の海』の最終回を書き上げ市ケ谷の自衛隊駐屯地で割腹自決。

小川国夫(おがわ・くにお)
昭和二・一二・二一〜(一九二七〜)　静岡県生まれ。東大国文科中退。昭和二二年カトリック受洗。二八年私費留学生として渡仏。イタリア、ギリシャなど地中海沿岸を単車を駆って旅行し帰国。三二年「青銅時代」創刊。私家版『アポロンの島』が八年後の四〇年、島尾敏雄によって紹介され、一挙に注目される。明晰、緊密な文体で風景、人間を描出。『試みの岸』『或る聖書』『逸民』(川端康成賞)等。

丸山健二(まるやま・けんじ)
昭和一八・一二・二三〜(一九四三〜)　長野県生まれ。国立仙台電波高卒。テレックス・オペレーターをしていた昭和四一年、第一作の『夏の流れ』で文学界新人賞と芥川賞を、当時最年少の二三歳で受賞。明快で緊迫感のある文体で現代青年の行動と内面を描き出す。四三年長野県に転居し、都市的なものと農村的なものの対立と問題を描く。『正午なり』

『朝日のあたる家』『火山の歌』『台風見物』等。

中沢けい(なかざわ・けい)
昭和三四・一〇・六〜(一九五九〜)　神奈川県生まれ。明大政経学部卒。一八歳で、母子家庭で育った女子高生のセックス体験と、母と娘の対立を清新な感性と素直な文体で描いた『海を感じる時』が群像新人賞を受賞、鮮烈なデビューをする。生の充実を求める現代女性の生態、男と女の関係を自然体の瑞々しい生理感覚で描く。『野ぶどうを摘む』『女ともだち』『水平線上にて』(野間文芸新人賞)等。

田中康夫(たなか・やすお)
昭和三一・四・一二〜(一九五六〜)　東京生まれ。一橋大法学部卒。在学中に書いた『なんとなく、クリスタル』が文芸賞受賞、ベストセラーとなる。新鮮な感覚に溢れた文章と厖大な注記で話題を呼び、〃クリスタル族〃の語が流行。都会の若い女性達を主人公に現代最先端の風俗を洗練された感性で描き出す。『ファディッシュ考現学』『恋愛事始め』等。阪神大震災でボランティア活動。現・長野県知事。

宮本輝（みやもと・てる）
昭和二二・三・六～（一九四七～）　兵庫県生まれ。追手門学院大文学部卒。広告代理店勤務などの後、『泥の河』で太宰治賞、次作『螢川』で芥川賞受賞。庶民の日常生活の中の生と死の交錯、親と子の宿命など、人生の悲哀を抒情性と物語性豊かに描く。『道頓堀川』『錦繡』『ドナウの旅人』『優駿』（吉川英治文学賞）『睡蓮の長いまどろみ』上下、シルクロード紀行『ひとたびはポプラに臥す』全六巻等。

北杜夫（きた・もりお）
昭和二・五・一～（一九二七～）　東京生まれ。東北大医学部卒。医学博士。父は斎藤茂吉。昭和二九年自伝的小説『幽霊』を自費出版。三三年水産庁調査船の船医となり、その航海をもとに書いた『どくとるマンボウ航海記』がベストセラーとなる。ユーモアとペーソスが同居する個性豊かな作品。『夜と霧の隅で』（芥川賞）『楡家の人びと』（毎日出版文化賞）『輝ける碧き空の下で』（日本文学大賞）等。

金井美恵子（かない・みえこ）
昭和二二・一一・三～（一九四七～）　群馬県生まれ。県立高崎女子高卒。一九歳で『愛の生活』が太宰治賞候補。翌昭和四二年、現代詩手帖賞受賞。風刺と暗喩が交錯する流動的、感覚的文体で、愛の不可思議、書く行為への意識、存在の不安を多彩に描き出し、独創的な作品世界を築く。『兎』『岸辺のない海』『プラトン的恋愛』（泉鏡花賞）『タマや』（女流文学賞）、詩集『マダムジュジュの家』等。

本書は、一九八九年三月（改版）刊新潮文庫　太宰治『グッド・バイ』（「眉山」）／一九七三年六月新潮社刊『石原慎太郎短編全集I』（「完全な遊戯」）／一九九六年五月新潮社刊『大江健三郎小説1』（「後退青年研究所」）／一九九六年七月（改版）刊新潮文庫　三島由紀夫『真夏の死』（「雨のなかの噴水」）／一九九二年八月小沢書店刊『小川国夫全集2』（「相良油田」）／一九八九年六月文藝春秋刊『丸山健二自選短篇集』（「バス停」）／一九八六年一〇月刊講談社文庫　中沢けい『ひとりでいるよ　一羽の鳥が』（「入江を越えて」）／一九八九年八月刊新潮文庫　田中康夫『昔みたい』（「昔みたい」）／一九九三年四月刊文春文庫　宮本輝『真夏の犬』（「暑い道」）／一九九七年五月刊新潮文庫　北杜夫『母の影』（「神河内」）／一九九七年七月河出書房新社刊　金井美恵子『柔らかい土をふんで、』（「水の色」）を底本として多少ふりがなを加えました。なお、本文中、今日では差別表現につながりかねない表記がありますが、作品が書かれた時代背景、作品の文学性、および著者（故人）が差別助長の意図で使用していないことなどを考慮し、発表時のままといたしました。よろしくご理解の程お願い致します。

戦後短篇小説再発見《せんごたんぺんしょうせつさいはっけん》 1 青春《せいしゅん》の光《ひかり》と影《かげ》

講談社文芸文庫《こうだんしゃぶんげいぶんこ》 編《へん》

二〇〇一年六月一〇日第一刷発行　二〇〇二年一月一六日第七刷発行

発行者――野間佐和子

発行所――株式会社 講談社

東京都文京区音羽2・12・21 〒112-8001

電話 編集部（03）5395・3513

販売部（03）5395・5817

業務部（03）5395・3615

デザイン―菊地信義

製版――豊国印刷株式会社

印刷――豊国印刷株式会社

製本――株式会社国宝社

Printed in Japan

定価はカバーに表示してあります。

落丁本・乱丁本は、小社書籍業務部宛にお送りください。
送料は小社負担にてお取替えします。
なお、この本の内容についてのお問い合せは
文芸文庫出版部宛にお願いいたします。（庫文）

講談社
文芸文庫

ISBN4-06-198261-3

戦後短篇小説再発見　全10巻

1　青春の光と影

太宰　治　眉山
石原慎太郎　完全な遊戯
大江健三郎　後退青年研究所
三島由紀夫　雨のなかの噴水
小川国夫　相良油田
丸山健二　バス停
中沢けい　入江を越えて
田中康夫　昔みたい
宮本　輝　暑い道
北　杜夫　神河内
金井美恵子　水の色
〔解説〕川村　湊

2　性の根源へ

坂口安吾　戦争と一人の女〔無削除版〕
田村泰次郎　鳩の街草話
武田泰淳　もの喰う女
吉行淳之介　寝台の舟
河野多恵子　明くる日
野坂昭如　マッチ売りの少女
田久保英夫　蜜の味
中上健次　赫髪
富岡多恵子　遠い空
村上　龍　ＯＦＦ
古山高麗雄　セミの追憶
〔解説〕井口時男

3　さまざまな恋愛（8月発売）

山川方夫　昼の花火
檀　一雄　光る道
岩橋邦枝　逆光線
丸谷才一　贈り物
大庭みな子　首のない鹿
瀬戸内晴美　ふたりとひとり
野呂邦暢　恋人
高橋たか子　病身
大岡昇平　オフィーリアの埋葬
山田詠美　花火
宇野千代　或る小石の話
髙樹のぶ子　浮揚
〔解説〕清水良典

4 漂流する家族

安岡章太郎
久生十蘭
幸田　文
中村真一郎
庄野潤三
森内俊雄
尾辻克彦
黒井千次
津島佑子
干刈あがた
増田みず子
伊井直行
〔解説〕富岡幸一郎

5 生と死の光景

正宗白鳥
遠藤周作
結城信一
島尾ミホ
高橋昌男
色川武大
島　比呂志
高井有一
川端康成
上田三四二
三浦哲郎
村田喜代子
〔解説〕川村　湊

6 変貌する都市

織田作之助
島尾敏雄
梅崎春生
林　芙美子
福永武彦
森　茉莉
阿部　昭
三木　卓
日野啓三
清岡卓行
後藤明生
村上春樹
〔解説〕富岡幸一郎

7 故郷と異郷の幻影

井伏鱒二
長谷川四郎
小林　勝
木山捷平
辻　邦生
石牟礼道子
五木寛之
森　敦
林　京子
光岡　明
小田　実
島田雅彦
〔解説〕川村　湊

8 歴史の証言

平林たい子
阿川弘之
中野重治
三浦朱門
富士正晴
佐多稲子
水上　勉
吉野せい
田中小実昌
李　恢成
坂上　弘
〔解説〕井口時男

9 政治と革命

田中英光
林　房雄
堀田善衞
野間　宏
埴谷雄高
倉橋由美子
井上光晴
古井由吉
金　石範
高橋和巳
開高　健
桐山　襲
〔解説〕井口時男

10 表現の冒険

内田百閒
石川　淳
稲垣足穂
小島信夫
安部公房
藤枝静男
半村　良
筒井康隆
澁澤龍彥
高橋源一郎
笙野頼子
吉田知子
〔解説〕清水良典

講談社文芸文庫

阿川弘之	舷燈	岡田 睦――解／進藤純孝――案
阿川弘之	青葉の翳り 阿川弘之自選短篇集	富岡幸一郎-解／岡田 睦――年
阿川弘之	鮎の宿	岡田 睦――年
阿部昭	単純な生活	松本道介――解／栗坪良樹――案
阿部昭	大いなる日｜司令の休暇	松本道介――解／実相寺昭雄-案
阿部昭	無縁の生活｜人生の一日	松本道介――解／古屋健三――案
阿部昭	千年｜あの夏	松本道介――解／古屋健三――案
阿部昭	父たちの肖像	松本道介――解／阿部玉枝――年
青柳瑞穂	ささやかな日本発掘	高山鉄男――人／青柳いづみこ－年
青柳瑞穂	マルドロオルの歌 ＊	塚本邦雄――解
秋山駿	知れざる炎 評伝中原中也	加藤典洋――解／柳沢孝子――案
青山二郎	鎌倉文士骨董奇譚	白洲正子――人／森 孝一――年
青山二郎	眼の哲学｜利休伝ノート	森 孝一――人／森 孝一――年
網野菊	一期一会｜さくらの花	竹西寛子――解／藤本寿彦――案
網野菊	ゆれる葦 ＊	阿川弘之――解／長谷川 啓――案
安部公房	砂漠の思想	沼野充義――人／谷 真介――年
安部公房	終りし道の標べに	リービ英雄-解／谷 真介――案
芥川龍之介	大川の水｜追憶｜本所両国	高橋英夫――人／藤本寿彦――年
芥川龍之介	上海游記｜江南游記	伊藤桂一――解／藤本寿彦――年
粟津則雄	正岡子規	高橋英夫――人／著者――年
浅見淵	昭和文壇側面史	保昌正夫――人／保昌正夫――年
秋元松代	常陸坊海尊｜かさぶた式部考	川村二郎――解／松岡和子――案
青野聰	母よ	島田雅彦――解／藤本寿彦――年
石川淳	鷹 ＊	菅野昭正――解／立石 伯――案
石川淳	紫苑物語	立石 伯――解／鈴木貞美――案
石川淳	白頭吟 ＊	立石 伯――解／竹盛天雄――案
石川淳	江戸文学掌記	立石 伯――人／立石 伯――年
石川淳	安吾のいる風景｜敗荷落日	立石 伯――人／立石 伯――年
石川淳	黄金伝説｜雪のイヴ	立石 伯――解／日高昭二――案
石川淳	落花｜蜃気楼｜霊薬十二神丹	立石 伯――解／中島国彦――案
石川淳	影｜裸婦変相｜喜寿童女	立石 伯――解／井沢義雄――案
石川淳	ゆう女始末｜おまえの敵はおまえだ ＊	立石 伯――解／塩崎文雄――案
石川淳	荒魂 ＊	立石 伯――解／島田昭男――案
石川淳	普賢｜佳人	立石 伯――解／石和 鷹――案

▶解=解説 案=作家案内 人=人と作品 年=年譜を示す。 ＊品切 2002年1月現在

講談社文芸文庫

磯田光一——永井荷風	吉本隆明——解／藤本寿彦——案
磯田光一——思想としての東京	高橋英夫——解／曾根博義——案
磯田光一——鹿鳴館の系譜 ＊	川西政明——解／佐藤泰正——案
磯田光一——萩原朔太郎 ＊	吉本隆明——解／川本三郎——案
井伏鱒二——人と人影	松本武夫——人／松本武夫——年
井伏鱒二——漂民宇三郎	三浦哲郎——解／保昌正夫——案
井伏鱒二——雞肋集|半生記	松本武夫——人／松本武夫——年
井伏鱒二——晩春の旅|山の宿	飯田龍太——人／松本武夫——年
井伏鱒二——白鳥の歌|貝の音 ＊	小沼 丹——解／東郷克美——案
井伏鱒二——還暦の鯉	庄野潤三——人／松本武夫——年
井伏鱒二——点滴|釣鐘の音	三浦哲郎——人／松本武夫——年
井伏鱒二——厄除け詩集	河盛好蔵——人／松本武夫——年
井伏鱒二——厄除け詩集 特装版	河盛好蔵——人／松本武夫——年
井伏鱒二——風貌・姿勢	水上 勉——人／松本武夫——年
井伏鱒二——花の町|軍歌「戦友」	川村 湊——解／磯貝英夫——案
井伏鱒二——仕事部屋	安岡章太郎-解／紅野敏郎——案
井伏鱒二——夜ふけと梅の花|山椒魚	秋山 駿——解／松本武夫——年
井伏鱒二——井伏鱒二対談選	三浦哲郎——解／松本武夫——年
伊藤整——街と村|生物祭|イカルス失墜	佐々木基一-解／曾根博義——案
伊藤整——日本文壇史 1 開化期の人々	紅野敏郎——解／樋口 覚——案
伊藤整——日本文壇史 2 新文学の創始者たち	曾根博義——解
伊藤整——日本文壇史 3 悩める若人の群	関川夏央——解
伊藤整——日本文壇史 4 硯友社と一葉の時代	久保田正文-解
伊藤整——日本文壇史 5 詩人と革命家たち	ケイコ・コックムー解
伊藤整——日本文壇史 6 明治思潮の転換期	小島信夫——解
伊藤整——日本文壇史 7 硯友社の時代終る	奥野健男——解
伊藤整——日本文壇史 8 日露戦争の時代	高橋英夫——解
伊藤整——日本文壇史 9 日露戦後の新文学	荒川洋治——解
伊藤整——日本文壇史 10 新文学の群生期	桶谷秀昭——解
伊藤整——日本文壇史 11 自然主義の勃興期	小森陽一——解
伊藤整——日本文壇史 12 自然主義の最盛期	木原直彦——解
伊藤整——日本文壇史 13 頽唐派の人たち	曾根博義——解
伊藤整——日本文壇史 14 反自然主義の人たち	曾根博義——解
伊藤整——日本文壇史 15 近代劇運動の発足	曾根博義——解

講談社文芸文庫

伊藤整——日本文壇史 16 大逆事件前後　曾根博義—解
伊藤整——日本文壇史 17 転換点に立つ　曾根博義—解
伊藤整——日本文壇史 18 明治末期の文壇　曾根博義—解／曾根博義—年
伊藤整——若い詩人の肖像　荒川洋治—解／曾根博義—年
稲垣達郎—角鹿の蟹　石崎 等他—人／石崎 等他—年
岩阪恵子—淀川にちかい町から　秋山 駿——解／著者———年
伊藤信吉—ユートピア紀行　川崎 洋——解／梁瀬和男—年
井上靖——わが母の記　松原新一—解／曾根博義—年
井上靖——補陀落渡海記 井上 靖短篇名作集　曾根博義—解／曾根博義—年
李良枝——由熙｜ナビ・タリョン　渡部直己—解／編集部——年
井上光晴—眼の皮膚｜遊園地にて　川西政明—解／川西政明—年
岩橋邦枝—評伝 長谷川時雨　松原新一—解／佐藤清文—年
伊藤桂一—螢の河｜源流へ 伊藤桂一作品集　大河内昭爾-解／久米 勲——年
石田波郷—江東歳時記｜清瀬村(抄) 石田波郷随想集　山田みづえ-解／石田郷子—年
色川武大—生家へ　平岡篤頼—解／著者———年
伊吹和子—われよりほかに 谷崎潤一郎最後の十二年(上・下)　沢木耕太郎-解
宇野千代—雨の音　佐々木幹郎-解／保昌正夫—案
宇野千代—或る一人の女の話｜刺す　佐々木幹郎-解／大塚豊子—案
宇野千代—女の日記　大塚豊子—人／大塚豊子—年
梅崎春生—桜島｜日の果て｜幻化　川村 湊——解／古林 尚——案
梅崎春生—ボロ家の春秋　菅野昭正—解／古林 尚——年
宇野浩二—思い川｜枯木のある風景｜蔵の中　水上 勉——解／柳沢孝子—案
内田魯庵—魯庵の明治　坪内祐三—解／歌田久彦—年
内田魯庵—魯庵日記　山口昌男—解／歌田久彦—年
内村剛介—生き急ぐ スターリン獄の日本人　大室幹雄—解／陶山幾朗—年
内田百閒—百閒随筆 I 池内 紀編　池内 紀——解
内田百閒—百閒随筆 II 池内 紀編　池内 紀——解／佐藤 聖——年
遠藤周作—哀歌　上総英郎—解／高山鉄男—案
遠藤周作—異邦人の立場から　鈴木秀子—人／広石廉二—年
遠藤周作—青い小さな葡萄　上総英郎—解／古屋健三—案
遠藤周作—白い人｜黄色い人　若林 真——解／広石廉二—年
江藤淳——一族再会　西尾幹二—解／平岡敏夫—案
江藤淳——成熟と喪失——“母”の崩壊　上野千鶴子-解／平岡敏夫—案
江口渙——わが文学半生記 *　荒川洋治—解／小林茂夫—案

講談社文芸文庫

講談社文芸文庫

大田洋子——屍の街｜半人間　小田切秀雄-解／黒古一夫——案
小田実——HIROSHIMA　林 京子——解／黒古一夫——案
小田実——海冥 太平洋戦争にかかわる十六の短篇　菅野昭正——解／著者——年
小川国夫——アポロンの島　森川達也——解／山本恵一郎-年
織田作之助-夫婦善哉　種村季弘——解／矢島道弘——年
長田弘——詩は友人を数える方法　亀井俊介——解／著者——年
大原富枝——アブラハムの幕舎　富岡幸一郎-解／福江泰太——年
荻原井泉水-一茶随想　矢羽勝幸——解／村上 護——年
大城立裕——日の果てから　小笠原賢二-解／著者——年
大岡信——現代詩人論　三浦雅士——解／三浦雅士——年
尾崎秀樹——大衆文学論　縄田一男——解／田辺貞夫——年
加賀乙彦——錨のない船 上・中・下　秋山 駿——解／竹内清己——案
加賀乙彦——帰らざる夏　リービ英雄-解／金子昌夫——案
柄谷行人——日本近代文学の起源　川村 湊——解／栗坪良樹——案
柄谷行人——意味という病　絓 秀実——解／曾根博義——案
柄谷行人——畏怖する人間　井口時男——解／三浦雅士——案
柄谷行人編-近代日本の批評Ⅰ 昭和篇 上
柄谷行人編-近代日本の批評Ⅱ 昭和篇 下
柄谷行人編-近代日本の批評Ⅲ 明治・大正篇
上林暁——白い屋形船｜ブロンズの首　高橋英夫——解／保昌正夫——案
金子光晴——風流尸解記　清岡卓行——解／原 満三寿——案
金子光晴——詩人 金子光晴自伝　河邨文一郎-人／中島可一郎-年
金子光晴——絶望の精神史　伊藤信吉——人／中島可一郎-年
金子光晴——人間の悲劇　粟津則雄——人／中島可一郎-年
金子光晴——女たちへのエレジー　中沢けい——解／中島可一郎-年
河上徹太郎-都築ケ岡から ＊　勝又 浩——人／大平和登——年
川端康成——一草一花　勝又 浩——人／川端香男里-年
川端康成——水晶幻想｜禽獣　高橋英夫——解／羽鳥徹哉——案
川端康成——反橋｜しぐれ｜たまゆら　竹西寛子——解／原 善——案
川端康成——再婚者｜弓浦市　鈴村和成——解／平山三男——案
川端康成——たんぽぽ　秋山 駿——解／近藤裕子——案
川端康成——浅草紅団｜浅草祭　増田みず子-解／栗坪良樹——案
川端康成——ある人の生のなかに　鈴村和成——解／川端香男里-年
川端康成——伊豆の踊子｜骨拾い　羽鳥徹哉——解／川端香男里-年

講談社文芸文庫

講談社文芸文庫

黒井千次——時間　秋山 駿——解／紅野謙介——案
黒井千次——五月巡歴　増田みず子-解／栗坪良樹——案
倉橋由美子-スミヤキストQの冒険　川村 湊——解／保昌正夫——案
倉橋由美子-反悲劇　清水良典——解／保昌正夫——年
倉橋由美子-毒薬としての文学 倉橋由美子エッセイ選　清水良典——解／保昌正夫——年
桑原武夫——思い出すこと忘れえぬ人 *　佐々木康之-人／佐々木康之-年
草野心平——わが光太郎　北川太一——人／深沢忠孝——年
草野心平——宮沢賢治覚書　粟津則雄——人／深沢忠孝——年
国木田独歩-欺かざるの記抄 佐々城信子との恋愛　本多 浩——解／藤江 稔——年
串田孫一——雲・山・太陽 串田孫一随想集　田中清光——解／著者——年
小島信夫——抱擁家族　大橋健三郎-解／保昌正夫——案
小島信夫——殉教|微笑　千石英世——解／利沢行夫——案
小島信夫——うるわしき日々　千石英世——解／岡田 啓——年
小林秀雄——栗の樹　秋山 駿——人／吉田凞生——年
小林 勇——蝸牛庵訪問記　竹之内静雄-人／小林堯彦——年
小林 勇——彼岸花 *　瀧 悌三——人／小林堯彦——年
小林 勇——惜櫟荘主人 一つの岩波茂雄伝 *　高田 宏——人／小林堯彦——年
耕 治人——一条の光|天井から降る哀しい音　川西政明——解／保昌正夫——案
河野多恵子-骨の肉|最後の時|砂の檻　川村二郎——解／与那覇恵子-案
河野多恵子-不意の声　菅野昭正——解／鈴木貞美——案
幸田 文——ちぎれ雲　中沢けい——人／藤本寿彦——年
幸田 文——番茶菓子　勝又 浩——人／藤本寿彦——年
幸田 文——包む　荒川洋治——人／藤本寿彦——年
幸田 文——草の花　池内 紀——人／藤本寿彦——年
幸田 文——駅|栗いくつ　鈴村和成——解／藤本寿彦——年
幸田 文——猿のこしかけ　小林裕子——解／藤本寿彦——年
幸田 文——回転どあ|東京と大阪と　藤本寿彦——解／藤本寿彦——年
小泉信三——わが文芸談 *　安東伸介——人／編集部——年
幸田露伴——雲の影|貧乏の説　高橋英夫——人／藤本寿彦——年
幸田露伴——運命|幽情記　川村二郎——解／登尾 豊——案
後藤明生——挾み撃ち　武田信明——解／著者——年
後藤明生——首塚の上のアドバルーン　芳川泰久——解／著者——年
講談社文芸文庫-日本文壇史総索引 全24巻総目次総索引　曾根博義——解
講談社文芸文庫-戦後短篇小説再発見 1 青春の光と影　川村 湊——解

講談社文芸文庫

講談社文芸文庫-戦後短篇小説再発見 2 性の根源へ	井口時男──解
講談社文芸文庫-戦後短篇小説再発見 3 さまざまな恋愛	清水良典──解
講談社文芸文庫-戦後短篇小説再発見 4 漂流する家族	富岡幸一郎-解
講談社文芸文庫-戦後短篇小説再発見 5 生と死の光景	川村 湊──解
講談社文芸文庫-戦後短篇小説再発見 6 変貌する都市	富岡幸一郎-解
講談社文芸文庫-戦後短篇小説再発見 7 故郷と異郷の幻影	川村 湊──解
講談社文芸文庫-戦後短篇小説再発見 8 歴史の証言	井口時男──解
佐多稲子──樹影	小田切秀雄-解／林 淑 美──案
佐多稲子──私の東京地図	奥野健男──解／中山和子──案
佐多稲子──女の宿	川西政明──解／松本道子──案
佐多稲子──月の宴	佐々木基一-人／佐多稲子研究会-年
佐多稲子──時に佇つ	小林裕子──解／長谷川 啓──案
佐多稲子──灰色の午後	川村 湊──解／佐多稲子研究会-年
坂口安吾──風と光と二十の私と	川村 湊──解／関井光男──案
坂口安吾──桜の森の満開の下	川村 湊──解／和田博文──案
坂口安吾──白痴｜青鬼の褌を洗う女	川村 湊──解／原 子朗──案
坂口安吾──信長｜イノチガケ	川村 湊──解／神谷忠孝──案
坂口安吾──吹雪物語	川村 湊──解／久保田芳太郎-案
坂口安吾──オモチャ箱｜狂人遺書	川村 湊──解／荻野アンナ-案
坂口安吾──木枯の酒倉から｜風博士	川村 湊──解／花田俊典──案
坂口安吾──日本文化私観 坂口安吾エッセイ選	川村 湊──解／若月忠信──年
坂口安吾──教祖の文学｜不良少年とキリスト 坂口安吾エッセイ選	川村 湊──解／若月忠信──年
坂口安吾──人間・歴史・風土 坂口安吾エッセイ選	川村 湊──解／若月忠信──年
佐々木基一-同時代作家の風貌 ＊	川西政明──人／恒屋淳一──年
佐々木基一-私のチェーホフ	安岡章太郎-解／川西政明──案
坂口謹一郎-愛酒樂酔	田村義也──人
佐藤春夫──晶子曼陀羅	池内 紀──解／牛山百合子-案
佐藤春夫──車塵集｜ほるとがる文	池内 紀──解／中島国彦──案
佐藤春夫──美の世界｜愛の世界 ＊	池内 紀──解／中村三代司-案
佐藤春夫──殉情詩集｜我が一九二二年	佐々木幹郎-解／牛山百合子-年
齋藤磯雄──近代フランス詩集 ＊	窪田般彌──解／小副川明──案
坂上弘──百日の後 坂上弘自選短篇集	山城むつみ-解／田谷良一──年
西東三鬼──神戸｜続神戸｜俳愚伝	小林恭二──解／齋藤愼爾──年
佐木隆三──供述調書 佐木隆三作品集	秋山 駿──解／著者───年

講談社文芸文庫

齋藤 史	齋藤史歌文集	樋口 覚——解／樋口 覚——年
佐伯彰一	自伝の世紀	堀江敏幸—解／著者———年
庄野潤三	夕べの雲	阪田寛夫—解／助川徳是—案
庄野潤三	絵合せ	饗庭孝男—解／鷺 只雄——案
庄野潤三	紺野機業場	福田宏年—解／助川徳是—案
島尾敏雄	その夏の今は｜夢の中での日常	吉本隆明—解／紅野敏郎—案
島尾敏雄	硝子障子のシルエット	秋山 駿——解／助川徳是—案
島尾敏雄	贋学生	柄谷行人—解／志村有弘—案
島尾敏雄	はまべのうた｜ロング・ロング・アゴウ	川村 湊——解／柘植光彦—案
白洲正子	かくれ里	青柳恵介—人／森 孝一——年
白洲正子	明恵上人	河合隼雄—人／森 孝一——年
白洲正子	十一面観音巡礼	小川光三—人／森 孝一——年
白洲正子	お能｜老木の花	渡辺 保——人／森 孝一——年
白洲正子	近江山河抄	前登志夫—人／森 孝一——年
白洲正子	古典の細道	勝又 浩——人／森 孝一——年
白洲正子	能の物語	松本 徹——人／森 孝一——年
白洲正子	心に残る人々	中沢けい—人／森 孝一——年
白洲正子	世阿弥	水原紫苑—人／森 孝一——年
白洲正子	謡曲平家物語	水原紫苑—解／森 孝一——年
白洲正子	西国巡礼	多田富雄—解／森 孝一——年
白洲正子	私の古寺巡礼	高橋睦郎—解／森 孝一——年
志村ふくみ	一色一生	高橋 巖——人／著者———年
寿岳文章 寿岳しづ	日本の紙｜紙漉村旅日記 ＊	寿岳章子—人／寿岳章子—年
新村 出	新編 琅玕記 ＊	森岡健二—人／編集部——年
新村 出	語源をさぐる	松村 明——人／編集部——年
新村 出	外来語の話 ＊	編集部——年
新村 出	新編 南蛮更紗	柊 源一——解／編集部——年
椎名麟三	自由の彼方で	宮内 豊——解／斎藤末弘—案
志賀直哉	志賀直哉交友録 阿川弘之編	阿川弘之—解／編集部——年
芝木好子	湯葉｜青磁砧	高橋英夫—解／著者———年
島田雅彦	天国が降ってくる	鎌田哲哉—解／中村三春—年
獅子文六	但馬太郎治伝	佐藤洋二郎-解／藤本寿彦—年
笙野頼子	極楽｜大祭｜皇帝 笙野頼子初期作品集	清水良典—解／山﨑眞紀子-年

講談社文芸文庫

鈴木信太郎-記憶の蜃気楼 ＊ 菅野昭正——人／鈴木道彦——年
鈴木信太郎-ビリチスの歌（翻訳） ＊ 渋沢孝輔——解／鈴木道彦——案
杉浦明平——ノリソダ騒動記 川村 湊——解／栗坪良樹——年
瀬戸内晴美-田村俊子 川西政明——解／与那覇恵子-案
瀬戸内寂聴-蘭を焼く 紺野 馨——解／長尾玲子——年
瀬沼茂樹——日本文壇史 19 白樺派の若人たち 紅野敏郎——解／河合靖峯——年
瀬沼茂樹——日本文壇史 20 漱石門下の文人たち 藤井淑禎——解
瀬沼茂樹——日本文壇史 21「新しき女」の群 尾形明子——解
瀬沼茂樹——日本文壇史 22 明治文壇の残照 十川信介——解
瀬沼茂樹——日本文壇史 23 大正文学の擡頭 中島国彦——解
瀬沼茂樹——日本文壇史 24 明治人漱石の死 曾根博義——解／河合靖峯——年
曽宮一念——榛の畦みち｜海辺の熔岩 ＊ 大沢健一——人／大沢健一——年
田久保英夫-海図 川西政明——解／利沢行夫——案
武田泰淳——風媒花 立石 伯——解／古林 尚——案
武田泰淳——蝮のすえ｜「愛」のかたち 川西政明——解／立石 伯——案
武田泰淳——森と湖のまつり ＊ 川西政明——解／立石 伯——案
武田泰淳——司馬遷——史記の世界 宮内 豊——解／古林 尚——年
辰野隆——忘れ得ぬ人々 中平 解——人／森本昭三郎-年
辰野隆——ふらんす人 ＊ 鈴木道彦——人／森本昭三郎-年
竹西寛子——兵隊宿 庄野英二——解／紅野敏郎——案
竹西寛子——山川登美子 高橋英夫——人／著者——年
竹西寛子——式子内親王｜永福門院 雨宮雅子——人／著者——年
竹西寛子——春｜花の下 ＊ 荒川洋治——解／尾形明子——案
竹西寛子——管絃祭 川西政明——解／著者——年
竹西寛子——日本の文学論 辻 邦生——解／著者——年
竹之内静雄-先師先人 ＊ 江崎誠致——人／著者——年
竹之内静雄-先知先哲 ＊ 小島直記——人／著者——年
田中英光——桜｜愛と青春と生活 ＊ 川村 湊——解／島田昭男——案
高橋英夫——偉大なる暗闇 粕谷一希——解／勝又 浩——案
高見 順——死の淵より 佐々木幹郎-解／保昌正夫——案
田村俊子——木乃伊の口紅｜破壊する前 中沢けい——解／長谷川 啓——案
竹内好——魯迅 川西政明——解／山下恒夫——案
竹内好——魯迅入門 藤森節子——解／山下恒夫——年
高橋和巳——新編 文学の責任 ＊ 川西政明——解／川西政明——年

講談社文芸文庫

高橋和巳——堕落		川西政明——解／川西政明——年
高橋たか子-誘惑者		山内由紀人-解／著者———年
高井有一——少年たちの戦場		川西政明——解／花田俊典——案
高橋源一郎-さようなら、ギャングたち		加藤典洋——解／栗坪良樹——年
田村隆一——腐敗性物質		平出 隆——人／建畠 晢——年
田山花袋——東京の三十年		坪内祐三——解／宮内俊介——年
瀧井孝作——松島秋色		紺野 馨——解／津田亮一——年
田宮虎彦——足摺岬	田宮虎彦作品集	小笠原賢二-解／森本昭三郎-年
高田博厚——フランスから		堀江敏幸——解／福田真一——年
立松和平——卵洗い		黒古一夫——解／黒古一夫——年
武田麟太郎-日本三文オペラ	武田麟太郎作品選	川西政明——解／保昌正夫——年
多田不二——神秘の詩の世界	多田不二詩文集	久保忠夫——解／星野晃一——年
田中小実昌-アメン父		富岡幸一郎-解／関井光男——年
高橋義孝——私の人生頑固作法	高橋義孝エッセイ選	高橋英夫——解／久米 勲——年
檀一雄——海の泡	檀一雄エッセイ集	小島千加子-解／石川 弘——年
近松秋江——黒髪｜別れたる妻に送る手紙		勝又 浩——解／柳沢孝子——案
津島佑子——火の河のほとりで		三浦雅士——解／宮内淳子——案
津島佑子——逢魔物語 ＊		G・ハーコート——解／与那覇恵子-案
津島佑子——夜の光に追われて		川村 湊——解／大塚達也——案
津島佑子——光の領分		川村 湊——解／柳沢孝子——案
津島佑子——寵児		石原千秋——解／与那覇恵子-年
辻潤———絶望の書｜ですぺら	辻潤エッセイ選	武田信明——解／高木 護——年
寺田透——わが井伏鱒二｜わが横浜 ＊		出口裕弘——人／田辺園子——年
富岡多恵子-波うつ土地｜芻狗		加藤典洋——解／与那覇恵子-案
富岡多恵子-表現の風景		秋山 駿——解／木谷喜美枝-案
富岡多恵子-当世凡人伝		佐々木幹郎-解／水田宗子——案
富岡多恵子-冥途の家族 ＊		川村 湊——解／八木忠栄——案
外村繁——澪標｜落日の光景		川村 湊——解／藤本寿彦——案
徳田秋声——仮装人物		古井由吉——解／松本 徹——案
中上健次——熊野集		川村二郎——解／関井光男——案
中上健次——化粧		柄谷行人——解／井口時男——案
中上健次——鳥のように獣のように		井口時男——人／藤本寿彦——年
中上健次——夢の力		井口時男——人／藤本寿彦——年
中上健次——蛇淫		井口時男——解／藤本寿彦——年

講談社文芸文庫

中野重治――むらぎも　川西政明―解／林 淑 美――案
中野重治――甲乙丙丁 上・下　亀井秀雄―解／松下 裕――案
中野重治――五勺の酒|萩のもんかきや　川西政明―解／松下 裕――案
中野重治――あけびの花　川西政明―人／松下 裕――年
中野重治――村の家|おじさんの話|歌のわかれ　川西政明―解／松下 裕――案
中野重治――新編 沓掛筆記 ＊　川西政明―人／松下 裕――年
中野重治――空想家とシナリオ|汽車の罐焚き　川西政明―解／満田郁夫―案
中野好夫――風前雨後 ＊　佐伯彰一―人／編集部――年
永井龍男――へっぽこ先生その他 ＊　勝又 浩――人／森本昭三郎-年
永井龍男――一個|秋その他　中野孝次―解／勝又 浩――案
永井龍男――コチャバンバ行き ＊　中野孝次―解／手塚美佐―案
永井龍男――わが切抜帖より|昔の東京 ＊　中野孝次―人／森本昭三郎-年
永井龍男――朝霧|青電車その他　中野孝次―解／勝又 浩――案
永井龍男――カレンダーの余白 ＊　石原八束―人／森本昭三郎-年
中原中也――中原中也全訳詩集　粟津則雄―解／吉田凞生―案
中原中也――中原中也全詩歌集 上・下　吉田凞生―解／青木 健――案
中川一政――我思古人 ＊　入江 觀――人／編集部――年
中川一政――随筆 八十八　田村祥蔵―人／山田幸男―年
中川一政――画にもかけない　高橋玄洋―人／山田幸男―年
中川一政――美術の眺め　小泉淳作―人／山田幸男―年
中川一政――詩集 野の娘 ＊　紅野敏郎―人／山田幸男―年
中島敦――光と風と夢|わが西遊記　川村 湊――解／鷺 只雄――案
中島敦――斗南先生|南島譚　勝又 浩――解／木村一信―案
中村光夫――二葉亭四迷伝　絓 秀実――解／十川信介―案
中村光夫――『わが性の白書』＊　金井美恵子-解／河底尚吾―案
中沢けい――海を感じる時|水平線上にて　勝又 浩――解／近藤裕子―案
中村真一郎-死の影の下に　加賀乙彦―解／鈴木貞美―案
中谷孝雄――招魂の賦　加藤弘一―解／鳥山敬夫―年
中原フク 村上護――私の上に降る雪は わが子中原中也を語る　北川 透――解／村上 護――年
中山義秀――土佐兵の勇敢な話　宮内 豊――解／栗坪和子―年
永井荷風――日和下駄 ――一名 東京散策記　川本三郎―解／竹盛天雄―年
永井荷風――あめりか物語　池内 紀――解／竹盛天雄―年
中里恒子――歌枕　中沢けい―解／高橋一清―年

講談社文芸文庫

講談社文芸文庫

林芙美子──茶色の眼 ＊　中沢けい──解／今川英子──案
林芙美子──うず潮｜盲目の詩 ＊　中沢けい──解／尾形明子──案
萩原朔太郎-虚妄の正義　久保忠夫──人／大橋千明──年
原民喜──ガリバー旅行記　川西政明──解／島田昭男──案
原民喜──原民喜戦後全小説 上　川西政明──解／島田昭男──年
原民喜──原民喜戦後全小説 下　川西政明──解／島田昭男──案
萩原葉子──天上の花－三好達治抄－　中沢けい──解／木谷喜美枝-案
萩原葉子──蕁麻の家　荒川洋治──解／岩橋邦枝──案
萩原葉子──閉ざされた庭　川村 湊──解／著者──年
橋川文三──日本浪曼派批判序説　井口時男──解／赤藤了勇──年
濱田庄司──無盡蔵　水尾比呂志-解／水尾比呂志-年
日野啓三──夢の島　三浦雅士──解／日高昭二──案
日野啓三──砂丘が動くように　保坂和志──解／著者──年
東山魁夷──泉に聴く　桑原住雄──人／編集部──年
平野 謙──さまざまな青春　亀井秀雄──解／紅野敏郎──案
広津桃子──石蕗の花──網野菊さんと私　竹西寛子──解／藤本寿彦──案
日夏耿之介-ポオ詩集｜サロメ　窪田般彌──解／井村君江──案
日夏耿之介-ワイルド全詩　井村君江──解／井村君江──年
平林たい子-こういう女｜施療室にて　中沢けい──解／中尾 務──案
広津和郎──年月のあしおと 上・下　松原新一──解／橋本迪夫──年
広津和郎──続 年月のあしおと 上・下　松原新一──解／橋本迪夫──年
古井由吉──雪の下の蟹｜男たちの円居　平出 隆──解／紅野謙介──案
古井由吉──水　川西政明──解／勝又 浩──案
古井由吉──古井由吉自選短篇集 木犀の日　大杉重男──解／著者──年
藤枝静男──悲しいだけ｜欣求浄土　川西政明──解／保昌正夫──案
藤枝静男──田紳有楽｜空気頭　川西政明──解／勝又 浩──案
藤枝静男──或る年の冬 或る年の夏 ＊　川西政明──解／小笠原 克──案
福永武彦──ボードレールの世界　豊崎光一──解／曾根博義──案
福永武彦──告別　菅野昭正──解／首藤基澄──案
福永武彦──ゴーギャンの世界　菅野昭正──解／粟津則雄──案
福永武彦──鷗外・漱石・龍之介 意中の文士たち上　菅野昭正──人／曾根博義──年
福永武彦──辰雄・朔太郎・犀星 意中の文士たち下　菅野昭正──人／曾根博義──年
福原麟太郎-天才について ＊　高村勝治──人／中村義勝──年
福原麟太郎-チャールズ・ラム伝　吉田健一──人／中村義勝──年

講談社文芸文庫

福原麟太郎-命なりけり ＊	清水阿や―人／中村義勝―年
二葉亭四迷-平凡｜私は懐疑派だ	高橋英夫―解／大橋千明―年
富士正晴―桂春団治	池内 紀―解／廣重 聰―年
古山高麗雄-プレオー8の夜明け 古山高麗雄作品選	勝又 浩―解／著者―年
本多秋五―古い記憶の井戸	川西政明―人／藤本寿彦―年
堀 辰雄―雉子日記 ＊	池内輝雄―人／大橋千明―年
堀口大學―月下の一群	窪田般彌―解／柳沢通博―年
堀口大學―ドルジェル伯の舞踏会	安藤元雄―解／柳沢通博―年
丸谷才一―忠臣藏とは何か	野口武彦―解
丸谷才一―横しぐれ	池内 紀―解
丸谷才一―たった一人の反乱	三浦雅士―解／編集部―年
牧野信一―父を売る子｜心象風景	小島信夫―解／武田信明―案
正宗白鳥―内村鑑三｜我が生涯と文学	高橋英夫―人／中島河太郎-年
正宗白鳥―何処へ｜入江のほとり	千石英世―解／中島河太郎-年
増田みず子-シングル・セル	中沢けい―解／藤本寿彦―年
正岡子規―俳人蕪村	粟津則雄―解／淺原 勝―年
正岡子規―子規人生論集	村上 護―解／淺原 勝―年
三浦哲郎―拳銃と十五の短篇	川西政明―解／勝又 浩―案
三浦哲郎―野	秋山 駿―解／栗坪良樹―案
三浦哲郎―おらんだ帽子 ＊	秋山 駿―解／進藤純孝―案
三浦哲郎―おろおろ草紙	川村 湊―解／著者―年
水上 勉―才市｜蓑笠の人	川村 湊―解／祖田浩一―案
三好十郎―炎の人 ゴッホ小伝	大笹吉雄―解／田中單之―案
三好達治―測量船	北川 透―人／安藤靖彦―年
三木 卓―野いばらの衣	富岡幸一郎-解／栗坪良樹―年
三島由紀夫-中世｜剣	室井光広―解／安藤 武―年
室生犀星―かげろうの日記遺文	佐々木幹郎-解／星野晃一―案
室生犀星―蜜のあわれ｜われはうたえどもやぶれかぶれ	久保忠夫―解／本多 浩―案
室生犀星―加賀金沢｜故郷を辞す	星野晃一―人／星野晃一―年
室生犀星―あにいもうと｜詩人の別れ	中沢けい―解／三木サニア-案
室生犀星―抒情小曲集｜愛の詩集	伊藤信吉―解／北川 透―案
棟方志功―板散華	長部日出雄-人／編集部―年
室生朝子―晩年の父犀星	星野晃一―解／著者―年
冥王まさ子-ある女のグリンプス	水田宗子―解／西尾一良―年

講談社文芸文庫

講談社文芸文庫

吉田健一——絵空ごと|百鬼の会　高橋英夫—解／勝又 浩——案
吉田健一——三文紳士　池内 紀——人／藤本寿彦—年
吉田健一——英語と英国と英国人　柳瀬尚紀—人／藤本寿彦—年
吉田健一——英国の文学の横道　金井美恵子-人／藤本寿彦—年
吉田健一——思い出すままに　粟津則雄—人／藤本寿彦—年
吉田健一——本当のような話　中村 稔——解／鈴村和成—案
吉田健一——ヨオロッパの人間　千石英世—人／藤本寿彦—年
吉田健一——乞食王子　鈴村和成—人／藤本寿彦—年
吉田健一——東西文学論|日本の現代文学　島内裕子—人／藤本寿彦—年
吉田健一——文学人生案内　高橋英夫—人／藤本寿彦—年
吉田健一——時間　高橋英夫—解／藤本寿彦—年
横光利一——上海　菅野昭正—解／保昌正夫—案
横光利一——寝園　秋山 駿——解／栗坪良樹—案
横光利一——紋章　小島信夫—解／神谷忠孝—案
横光利一——愛の挨拶|馬車|純粋小説論　高橋英夫—解／十重田裕一-案
横光利一——夜の靴|微笑　小島信夫—解／梶木 剛——案
横光利一——旅愁 上・下　樋口 覚——解／保昌正夫—年
横光利一——家族会議　栗坪良樹—解／保昌正夫—年
与謝野晶子-愛、理性及び勇気　鶴見俊輔—人／今川英子—年
吉田満——戦艦大和ノ最期　鶴見俊輔—解／古山高麗雄-案
吉野秀雄—やわらかな心　斎藤正二—人／斎藤正二—年
吉田凞生—評伝中原中也　北川 透——人／著者——年
李恢成——サハリンへの旅　小笠原 克—解／紅野謙介—案
李恢成——またふたたびの道|砧をうつ女　小檜山 博—解／北田幸恵—案
李恢成——われら青春の途上にて|青丘の宿 ＊　井口時男—解／日高昭二—案
竜胆寺雄—放浪時代|アパアトの女たちと僕と　中沢けい—解／三田英彬—案
渡辺一夫—白日夢　串田孫一—人／布袋敏博—年
和田芳恵—おまんが紅|接木の台|雪女　川村 湊——解／保昌正夫—案
和田芳恵—一葉の日記 ＊　松坂俊夫—解／保昌正夫—年
和田芳恵—暗い流れ　佐伯一麦—解／保昌正夫—年
若山牧水—若山牧水随筆集　玉城 徹——解／勝原晴希—年